AF217470

Tucholsky   Wagner   Zola   Scott   Sydow   Freud   Schlegel
Turgenev   Wallace   Fonatne

Twain   Walther von der Vogelweide   Fouqué   Friedrich II. von Preußen
Weber   Freiligrath   Frey
Fechner   Fichte   Weiße Rose   von Fallersleben   Kant   Ernst   Frommel
Richthofen
Engels   Fielding   Hölderlin
Fehrs   Faber   Flaubert   Eichendorff   Tacitus   Dumas
Eliasberg   Ebner Eschenbach
Feuerbach   Maximilian I. von Habsburg   Fock   Eliot   Zweig
Ewald   Vergil
Goethe   Elisabeth von Österreich   London
Mendelssohn   Balzac   Shakespeare
Lichtenberg   Rathenau   Dostojewski   Ganghofer
Trackl   Stevenson   Doyle   Gjellerup
Mommsen   Tolstoi   Hambruch
Thoma   Lenz   Hanrieder   Droste-Hülshoff
Dach   Verne   von Arnim   Hägele   Hauff   Humboldt
Reuter
Karrillon   Garschin   Rousseau   Hagen   Hauptmann   Gautier
Damaschke   Defoe   Hebbel   Baudelaire
Descartes
Hegel   Kussmaul   Herder
Wolfram von Eschenbach   Dickens   Schopenhauer
Bronner   Darwin   Melville   Grimm   Jerome   Rilke   George
Campe   Horváth   Aristoteles   Bebel   Proust
Bismarck   Vigny   Barlach   Voltaire   Federer   Herodot
Gengenbach   Heine
Storm   Casanova   Tersteegen   Gilm   Grillparzer   Georgy
Chamberlain   Lessing   Langbein   Gryphius
Brentano   Lafontaine
Strachwitz   Claudius   Schiller   Kralik   Iffland   Sokrates
Katharina II. von Rußland   Bellamy   Schilling
Gerstäcker   Raabe   Gibbon   Tschechow
Löns   Hesse   Hoffmann   Gogol   Wilde   Vulpius
Luther   Heym   Hofmannsthal   Klee   Hölty   Morgenstern   Gleim
Roth   Heyse   Klopstock   Kleist   Goedicke
Luxemburg   Puschkin   Homer   Mörike
La Roche   Horaz   Musil
Machiavelli   Kierkegaard   Kraft   Kraus
Navarra   Aurel   Musset
Nestroy   Marie de France   Lamprecht   Kind   Kirchhoff   Hugo   Moltke
Nietzsche   Nansen   Laotse   Ipsen   Liebknecht
Marx   Ringelnatz
von Ossietzky   Lassalle   Gorki   Klett   Leibniz
May   vom Stein   Lawrence   Irving
Petalozzi   Knigge
Platon   Pückler   Michelangelo   Kafka
Sachs   Poe   Liebermann   Kock   Korolenko
de Sade   Praetorius   Mistral   Zetkin

Der Verlag tredition aus Hamburg veröffentlicht in der Reihe **TREDITION CLASSICS** Werke aus mehr als zwei Jahrtausenden. Diese waren zu einem Großteil vergriffen oder nur noch antiquarisch erhältlich.

Symbolfigur für **TREDITION CLASSICS** ist Johannes Gutenberg (1400 — 1468), der Erfinder des Buchdrucks mit Metalllettern und der Druckerpresse.

Mit der Buchreihe **TREDITION CLASSICS** verfolgt tredition das Ziel, tausende Klassiker der Weltliteratur verschiedener Sprachen wieder als gedruckte Bücher aufzulegen – und das weltweit!

Die Buchreihe dient zur Bewahrung der Literatur und Förderung der Kultur. Sie trägt so dazu bei, dass viele tausend Werke nicht in Vergessenheit geraten.

Vom geruhigen Leben

Humoristische Plaudereien über groß und kleine Kinder.

Otto Ernst

Impressum

Autor: Otto Ernst

Umschlagkonzept: toepferschumann, Berlin

Verlag: tredition GmbH, Hamburg
ISBN: 978-3-8424-8940-0
Printed in Germany

Deutschland.

Wie du mich treu begleitest
Auf meiner Wanderschaft,
An Mutterhand mich leitest,
Du Land voll Morgenkraft.

Wohin den Stab ich hebe,
Dein Auge sieht mich an
Und spricht: »Vertrau und lebe,
Mein Sohn und Wandersmann.«

Wohin die Füße schreiten
In nimmermüder Lust,
Dein Feld und Anger breiten
Sich weit in meiner Brust.

Geruhig steht mein Wille
Wie dieser Felsen Hang;
Durch meines Herzens Stille
Rinnt deiner Ströme Klang.

Nun wollen Feinde zwängen
Sich zwischen dich und mich,
Mich dir vom Herzen drängen –
Ich aber bau auf dich.

Ich steh und such in Sorgen
Dein Auge groß und lind –
Und weiß, ich bin geborgen
Wie einer Mutter Kind.

Ich weiß: nicht kann uns trennen,
Was Neid und List erfand.
Mein Herz wirst du erkennen,
Wie ich dein Herz erkannt.

Die Gemeinschaft der Brüder
vom geruhigen Leben

Wer je in seinem Leben den vortrefflichen Roman »Auch Einer« des noch vortrefflicheren Humoristen Friedrich Theodor Vischer gelesen hat, der wird sich auch in späteren Jahren noch mit Behagen erinnern, daß der Dichter ein Erkleckliches und Erquickliches zu reden weiß von der »Tücke des Objekts«. Man wird sich desgleichen erinnern, daß der Dichter unter solcher »Tücke des Objekts« die große Summe der kleinen Hindernisse versteht, die uns von äußeren und zufälligen Umständen gerade bei unseren wichtigsten und erhabensten Handlungen in den Weg geworfen werden. Eine große That vollbringen, ist keine Kunst, wenn man im entscheidenden Augenblicke nicht durch Niesen oder durch das Platzen einer Naht an ihrer Vollbringung gehindert wird. Das ist der Sinn der Vischerschen »Tücke des Objekts«.

Hat nun der mehrfach benannte Poet aus Württemberg die Vermessenheit besessen, den Humor des hirnzerschlitzenden Nasen-Rachenkatarrhs und der unzeitig geplatzten Hosennähte recht ausführlich zu kultivieren, solcher Dinge also, die eines großen Hintergrundes durchaus entbehren und die geradezu dem schlimmen Verdachte Raum geben, der Autor habe ehrenhafte deutsche Mitbürger mit Bewußtsein zum Lachen gereizt: so geht der ganz unwürdige Verfasser dieser Plauderei in seinem Unterfangen gar so weit, der reinen Vernunft jenes Spaßmachers noch seine vermeintlich praktische Vernunft hinzuzufügen. Der ganz unwürdige Schreiber dieser Zeilen ist nämlich nicht nur davon überzeugt, daß so etwas wie die Tücke des Objekts in Wahrheit vorhanden sei, sondern er lebt auch des Glaubens, daß es eine Weise gebe, ihr erfolgreich zu begegnen.

Schwerer als auf anderen Zeiten der schwarze Tod, lastet auf unserem Zeitalter die Seuche des grellen Lebens. Es ist die ansteckende, hartnäckige, tragikomische Krankheit, die man Nervosität nennt. Sie ist tragikomisch von einer schlimmen Art: wer von ihr befallen ist, dem ist sie sehr tragisch – den anderen aber meistens komisch. Oder sie halten sie für eine Lumperei, von der man kein Wesens machen sollte. Ich finde, man soll viel, viel Wesens von ihr machen. Denn obwohl sie dem Einzelnen meistens das Leben läßt, ist sie eine tödliche Krankheit. Manchen tötet sie 24mal an einem Tage; was aber mehr bedeutet: sie tötet Völker und Generationen.

Sehr wahrscheinlich, daß sie eine Ansteckungskrankheit ist wie Chauvinismus und Grippe, Bigotterie und schwarze Pocken und ihr spezifisches Kontagium hat, das zu allen Zeiten auftreten kann. Gewiß ist aber, daß sie in unserer Zeit eine besondere »Disposition« vorfindet. Kein Märchen von »guter, alter Zeit« ist es, daß unsere Väter zu allen ihren Thaten wundervoll viel Zeit hatten. Sie waren gewiß so lebendig und fleißig wie wir; aber wenn der Blitz ihr Haus in Brand steckte, so rauchten sie, bevor sie hinausgingen, noch eine lange Pfeife. Wollt ihr noch die Abendröte jenes Zeitalters genießen, so geht in eine Kleinstadt; dort wächst noch alte Zeit zwischen den Pflastersteinen. Du verabredest dich mit deinem Freund in der Kleinstadt für Punkt zwei Uhr zu einem gemeinsamen Gange. Naiv, wie du als Großstädter bist, erscheinst du Punkt zwei Uhr oder auch eine Minute früher auf dem Posten. Dein Freund empfängt dich mit einer leichten Überraschung im Blick, erklärt aber, er werde gleich bereit sein und habe nur noch einen Blick in den Stall zu thun. Nach dreiviertel Stunden kommt dein Freund aus dem Stalle, unschuldig wie ein Schaf, und thut garnicht, als ob irgend jemand sich zu entschuldigen hätte. Er ist überzeugt, daß du dich mit seinem Großvater, der dir von sämtlichen Fleisch- und Gemüsesorten die Preise zu Anfang und zu Ende des vorigen Jahrhunderts vorgerechnet hat, vortrefflich unterhalten habest. Ihr wollt gerade gehen, als die Gattin bemerkt, daß ihr Mann mit dem Hut unmöglich auf die Straße gehen könne und daß der andere Hut beim Hutmacher sei.

»Ach, dann schick' eben die Anna zum Hutmacher und laß ihn holen, ja? Mein Freund nimmt noch 'n Augenblick Platz, nicht wahr?«

Aber natürlich. Warum nicht? Time is money. Man muß es einmal ansehen, mit welcher Nervenruhe diese Leutchen auf Anna und den Hut warten. Sie sind noch nicht wieder zurück, als Verwandtenbesuch aus dem benachbarten Dorfe erscheint. Bis dieser Besuch ordnungsmäßig empfangen ist und sich auf mehreren Stühlen in Linie entfaltet hat, vergeht eine Viertelstunde. Der Besuch erzählt, daß Onkel Thomsen sich eine Ziege gekauft und der kleine Franz sich die Finger verbrannt hat. Es ist ganz selbstverständlich, daß du mit anhörst, wie Onkel Thomsen sich eine Ziege kaufte und der kleine Franz sich die Finger verbrannte. Inzwischen empfindet die Hausfrau, daß es Zeit zum Kaffeetrinken sei und meint, eine gute Tasse Kaffee würdest du »im Fluge« gewiß noch mitnehmen. Freilich, freilich. Dir ist jetzt schon alles egal. Die Zeit ist dir nur noch eine leere, nichtssagende Form der Vorstellung. Du kannst von hier aus ja gleich zum jüngsten Gericht gehen, wenn die Zeit knapp werden sollte. Nachdem der Kaffee mit allen Vorsichtsmaßregeln aufgetragen und er sowohl wie zahlreiche Butterbrote in einem sehr gedeihlichen Tempo genossen worden sind, erklärt dein Freund ohne jede Anwandlung von Schwäche, daß es jetzt, um halb fünf Uhr, doch zu spät für den verabredeten Gang sei, aber man könne ihn ja ebensogut morgen um zwei Uhr unternehmen.

Leben sie nicht, diese guten Leute, wie in einem Schlaraffenlande, wo Milch, Zeit und Honig in vollen Bächen fließt und wo man, wenn das Leben ausgetrunken ist, wieder einschenkt? Wo man selbst den Tod so lange bei Wein und Politik hinhält, bis er gemütlich die Sense in den Winkel lehnt und sagt: »Auf ein paar Jahre kommt mir's nicht an?« Und derweilen sich diese Leute in Zeit wälzen wie Ferkel in der Kleie, lebst du in der Großstadt – nicht nach einem Stundenplan, o nein – nach einem Halbeminutenplan. »4 Uhr 15 ist der Vortrag zu Ende; 4 Uhr 17½ Minuten ist die grüne Straßenbahn an der Ecke der Pfälzerstraße, in 2½ Minuten kann ich sie erreichen: in 15 Minuten, also 4 Uhr 32½ ist sie am Moltkeplatz; *wenn ich Glück habe*, erwische ich dort die rote Bahn und fahre mit dieser in 14½ Minuten nach der Domgasse; wenn ich die Beine nachziehe, kann ich in 13 Minuten an der Esplanade sein und komme dann eben rechtzeitig um 5 Uhr zur Konferenz.« Hast du aber *kein* Glück – und mit Straßenbahnen hat man nie Glück – dann fällt deine ganze Tagesordnung über den Haufen wie ein Kartenhaus, das auf den großen Zeiger einer Turmuhr gebaut wurde; über den ganzen Rest des Tages fällt der Schatten der versäumten 10 Minuten; alles ist verschoben, alles verdreht und verspätet; die Galle tritt ins Blut, und in jener halben Minute, die du zu spät zur roten Bahn erschienst, hast du einen Tag verloren.

Oder du sitzest in deinem Bureau oder Kontor und prüfst eine Statistik, die morgen abgeliefert werden muß. Ha, denkst du, die

Eingabe des Herrn X. muß ja noch heute erledigt werden! Und dann das Attest, das Frau Y. erbeten – –! Ja, richtig, der Z. wartet schon drei Tage auf die Empfangsbestätigung für seine Sendung – und dann muß der Bericht an die Behörde angefangen werden; es sind nur noch acht Tage bis zum Einlieferungstermin – – Ih, sollte nicht heute eine Sitzung des Wohlfahrtsausschusses sein? (Du suchst längere Zeit nach einem Papier.) Richtig: Sitzung am 3. Juni Morgens 11 Uhr – es ist jetzt ¾12 – also versäumt! Hm – dem Dr. N. hab' ich noch gar nicht auf seine Einladung zum Diner geantwortet; es hat, glaub' ich, vor 14 Tagen stattgefunden – halt! Hab' ich eigentlich schon meine Feuerversicherung erneuert? Nein – nein! Und dabei gewittert's jetzt alle Tage, und überall schlägt's ein! Zum Augenarzt komm' ich auch nicht mit meinem Bindehautkatarrh – ach ja, das Buch über Lungenheilstätten von Dr. M. sollt' ich ja lesen, das liegt schon seit Weihnachten hier – hab' ich eigentlich schon dem Fräulein O. geantwortet? Aah, da muß ich doch aber gleich – nein, erst muß P. Bescheid haben, daß ich – oder nein, noch eiliger ist der Brief an Q.; die andern kann ich heute Abend – Donnerwetter, heute Abend ist ja der Vortrag von Professor R.; wenn ich da nicht hinkomme, wird er mir sein Lebtag nicht wieder – ja, was ist denn das, heut Abend hab' ich ja Gesellschaft im eigenen Hause –

Du bist längst aufgesprungen und rennst wie eine vergiftete Ratte an allen vier Wänden der Zeit hinauf, um ein Loch zu finden. Da tritt dein Diener ein und sagt: Herr Soundso (wie du nun eben heißt), es ist höchste Zeit, auf's Gericht zu gehen, sonst wird Ihre Klage als zurückgezogen betrachtet! Du greifst nach deinen Stiefeln, und indem du natürlich den linken Stiefel auf den rechten Fuß zu ziehen versuchst, fallen dir fünf notwendige Besuche, sieben wichtige Sitzungen und neunzehn dringliche Briefe ein; du stürzest davon, kehrst aber in der Thür wieder um und rufst dem Diener zu: »Lieber Meyer, mir fällt ein, ich habe auf 1 Uhr dem Porträtmaler eine Sitzung versprochen; sagen Sie, ich wäre plötzlich abgerufen worden, und dann gehen Sie sofort hin und bezahlen Sie die Einkommensteuer, die hab' ich total vergessen; der Gerichtsvollzieher ist schon dagewesen und hat Zettel angeklebt . . . .«

Und so kommst du vor tausend Arbeiten zu keiner einzigen und erleidest das grauste Elend, das diese Welt gewährt: der Katzenjammer nach einer übervollen Nacht ist Himmelsfreude gegen den Kater nach einem leeren Tage!

Armer, verstörter Geist, ruheloses Herz, gequälter Zeitgenosse und Mitmensch, komm' zu uns und empfange Frieden in den Armen der

Gemeinschaft der Brüder vom geruhigen Leben.

Siehe, wir nennen uns nicht die »Brüder vom *ruhigen* Leben«, sondern »Brüder vom *geruhigen* Leben«, woraus du ersehen mögest, daß wir Zeit haben. Nachdem du so vielen Vereinen und Ausschüssen beigetreten bist, tritt endlich diesem bei, den ich mit anderen weisen Männern gegründet habe und der dich alle anderen Vereine ertragen lehrt. Du hast bereits dein Eintrittsgeld in der Hand – festina lente –. Höre und erwäge wohl, bevor du handelst.

Ich seh' es dir an: du wähnst, ich lüde dich zu einem Klub der Wurschtigkeit, in welchem man lebt nach dem Grundsatze: »Nachher ist alles eins; in der Nacht des Todes sind alle Katzen grau, und obendrein sieht, wer tot ist, kein Grau und keine Katze.« Irre dich nicht. Unsere Brüderschaft lebt das Leben mit eifriger Aufmerksamkeit und reger Kraft.

Oder glaubst du, wir schraubten uns und unsere Welt zurück in die Zeiten der Väter, die sich an dem Blitz, der ihr Haus entzündete, eine lange Pfeife entbrannten? O nein, mein Freund, unsere Brüdergemeinde weiß, daß Leben nicht zurück kann; Leben kann immer nur vorwärts.

Unsere Gemeinschaft weiß, daß Reize und Sorgen den Menschen von heute zehnfach so stark bestürmen wie seine Vorfahren. Es ist wahr: der Ernst des Lebens und die Lust des Lebens reißen sich um die moderne Menschenseele mit einem Ungestüm, das ehemals unerhört war. Wir Kinder dieses goldenen Zeitalters der Technik und der Wissenschaft sind ein Geschlecht von Parvenus, und unter diesen Parvenus sind wir Deutschen noch ein besonderes Stück emporgekommen. Wer aber so jählings emporkommt, dem wird schwindelig. Das ist das Schicksal der Parvenus.

Arbeit und Genuß tanzen uns vor den Augen, daß uns wirblig wird und alles sich mit uns im Kreise dreht. Wir haben den Überblick verloren; wir haben noch nicht gelernt, über die neue, unerwartete Fülle zu disponieren. Ruhig gesehen ist über die Hälfte geschafft. Wir werden hineinwachsen in unsere Aufgabe; wir werden sie bewältigen, wie jedes vorhergegangene tapfere Geschlecht. Aber noch flimmert's uns vor den Augen. Die einfachsten, banalsten Gebote der Ordnung, der Beschränkung und Überlegung sind uns abhanden gekommen, und bei wem du eintrittst, suchst du vergebens nach der philosophischen Hausapotheke.

Erwarte daher nicht orphische Weisheit, nicht rabendunkle Urworte aus Morgendämmerungen der Menschheit, der du eintrittst in unsere Gemeinschaft! Es sind die gewöhnlichen Rhabarbertropfen der Seelentherapie, die du hier findest; was aber das Eigentümlichste ist, sie stehen nicht da in verstaubten Fläschchen, sondern sie werden angewandt. Wer in die Brüdergemeinschaft aufgenommen wird, leistet zuvor einen heiligen Eid, daß er ihr alle seine Sünden gegen ein geruhiges Leben beichten, sich den über ihn verhängten Bußen unterwerfen und die Lehren der Weisen mit Ehrerbietung hören und redlich befolgen werde.

In großen, ehrwürdigen Protokollen ist niedergeschrieben, was in den sonnabendlichen Konventen gebeichtet, verhandelt, geurteilt und gelehrt worden, zu denkwürdigem Zeugnis von der gewaltigen Macht und Tücke des Kleinen und von der Überwindung solcher Macht. In diesen heiligen Büchern mit mir zu blättern, bist du nunmehr, teuerster Leser, herzlich gebeten.

Haare in der Feder.

Es ist verzeihlich, Mensch, daß du meinst, wenn dir ein Haar in der Schreibfeder sitzt, es werde sich beim Schreiben von selbst wieder daraus entfernen. Bedenke aber, daß Haar und Feder, sobald sie diese deine Meinung merken, nur um so zärtlicher zusammenhalten. Aus dem verschmierten Buchstaben wird ein verschmiertes Wort, aus dem verschmierten Wort eine verschmierte Zeile; in der nächsten Zeile geht die Schmiererei rüstig weiter und dauert so lange, bis du die Feder auf den Tisch haust, sie zerbrichst und dir die Hand verstauchst. Daß du die ganze Seite nun noch einmal schreiben mußt, kostet bloß Zeit. Die verstauchte Hand kostet Zeit, Verdienst und ärztliches Honorar: das will alles noch nichts sagen. Aber das Wutgift, das sich in dir angesammelt, während du mit steigendem Ingrimm auf die Vernunft eines Haares hofftest, und nun der tage-, der wochenlange, mindestens der viertelstundenlange Ärger über all die Widerwärtigkeit: die fressen Nerven und Hirn, und das läuft in die Papiere. Sobald du, o Mensch, ein Haar in deiner Feder spürst, spreize die Feder und entferne das Haar, und will dir's nicht gelingen, so wirf die Feder weg oder das fasernde Papier und nimm neues Material und lächle dabei als ein Wissender, der in aller Ruh und Behaglichkeit ein glänzendes Geschäft macht.

Infame Halskragenknopflöcher.

Es gehört zu den selbstverständlichsten Erscheinungen, daß die Knopflöcher neuer, namentlich etwas enger Halskragen sich gegen die Aufnahme größerer Knöpfe wehren. Nach dem ersten vergeblichen Versuche pflegt der Mensch von heute »Na?!« zu rufen, nach dem zweiten »Nanu?!!«, nach dem dritten: »Na, da soll aber doch gleich –!«, nach dem vierten pflegt er sich bereits erschöpft auf das frischgemachte Bett fallen zu lassen; beim fünften bricht er sich einen Fingernagel ab; nach dem sechsten schleudert er den Kragen in die Ecke und mit dem Kragen ein wertvolles Glas vom Waschtisch hinunter, und wenn seine Frau mit dem heitersten und liebenswürdigsten Gesicht von der Welt hereinkommt und ihn lächelnd etwas fragt, so antwortet er in einem unliebenswürdigen Tone, der ihm und ihr den ganzen Abend und den folgenden Morgen verdirbt. Der arme Unwissende und Verblendete merkt nicht, daß die Schar der tückischen kleinen Knopf- und Kragendämonen sich bei jedem Fluche verdoppelt und daß ihre Gewalt und ihr Gewieher schon nach dem dritten Versuch ins Ungeheure und Unbezwingliche gewachsen ist.

Der Mensch nehme einen rundlichen, kegelähnlichen Gegenstand, z. B. ein geschlossenes Scherchen, treibe ihn in das Knopfloch und weite es ein wenig und mit Ruhe; er trete dann vor den Spiegel, und er wird sehen, daß der Knopf gefügig in sein Loch schlüpft und daß der Mann im Spiegel ihn anschaut mit der heiteren Ruhe eines Gottes, zu dessen Füßen sich die Dämonen der Hölle krümmen. Einsatz bei diesem Spiel: eine Minute Zeit; Gewinn: ein frischgemachtes Bett, ein Fingernagel, ein venetianisches Glas, eine Viertelstunde Zeit, eine liebenswürdige Frau, ein fröhlicher Abend, ein ditto Morgen, mehrere Bündel Nerven und ein gehöriges Quantum

Herz und andere Muskelkraft. Was sind dagegen die Chancen in Monte Carlo?!

Vergessene Hosenträger.

Bei Menschen, welche sich auch während des Ankleidens mit der Komposition von Sonaten oder Parlamentsreden befassen, ist es gar zu leicht möglich, daß sie, in Frack, Lack, Claque und Handschuhen und schon im Begriff, in den Wagen zu steigen, an dem erbärmlichen Gefühl einer Art inneren Haltlosigkeit (nicht ihrer Reden, sondern ihres äußeren Menschen) plötzlich inne werden, daß sie die Hosenträger anzulegen vergessen haben. Ein teurer Novize, den wir bald als Konfrater in den Schoß unserer Gemeinschaft aufnehmen zu können hoffen, ist in solchem Falle die Treppen wieder hinaufgestürmt, hat sich dabei mit dem Fuß in seinen Cylinder verwickelt, hat sich unter Entwickelung einer unglaublichen Körpertemperatur fast bis auf die Haut ausgezogen, beim abermaligen Ankleiden seine Weste nicht wiederfinden können und endlich infolge alles dessen die Trauung seines besten Freundes versäumt. Und das alles um eines Unfalles willen, der für die Brüder vom geruhigen Leben in seiner Harmlosigkeit etwas ausschließlich Erheiterndes hat. Diese Brüderschaft pflegt nämlich vor dem Ankleiden sämtliche Garderobenstücke in der natürlichen Ordnung vor sich hinzulegen, so daß das Vergessen eines notwendigen Requisits nahezu unmöglich erscheint. Kommt sie aber dennoch in die Lage unseres teuren Novizen, so legt sie mit humorvoller Kühle Rock und Weste ab, legt die Hosenträger an und zieht Weste und Rock wieder an: eine Sache, die keine 5 Minuten beansprucht. Diese 5 Minuten – das ist nun das Bedeutungsvollste an der ganzen Sache –hat ein Bruder vom geruhigen Leben *immer* übrig, weil er sich für jede Toilette vor Abfahrt der Droschke oder Eisenbahn mindestens 10 Minuten Zeitüberschuß gestattet. Das ist wohl der einzige Grund, weshalb es noch keine Schwestern vom geruhigen Leben giebt.

Das Laster des Zeitgeizes ist von der Gemeinschaft der Brüder wegen seines besonders nervenverheerenden Charakters von je mit besonders hohen Bußen belegt und bei schwerem Rückfall wohl auf 500 Pfennige für die Armen und den gleichen Betrag für die Punschbedürftigen erkannt worden.

Geburtsscheine im Fliegenschrank, Taschenuhren unterm Sofa und Ähnliches.

Es ist für den modernen Menschen, der zum Arbeiten bestimmt ist wie nur je ein Wesen irgend einer Periode, ein wahrer Fluch, wenn er die Stiefel, die er braucht, erst im Kohlenkasten suchen muß und die Butter, deren er zum Frühstück benötigt, erst nach halbstündigem Suchen endlich im Aktenschrank entdeckt, noch dazu unter einem ganz verkehrten Buchstaben. Mehr als je bedarf der Mensch der Ordnung, wenn ihn die verwirrende Fülle seiner Pflichten nicht verrückt machen soll. Ohne Zweifel würde auch die Ordnung längst einen größeren Raum im Leben der Menschheit gewonnen haben, wenn nicht immer unnatürlicherweise verlangt würde, daß man die Ordnung »lieben« solle. Das ist nun einmal nicht zu verlangen. Es ist mit der Ordnung genau wie mit dem Verräter: man schätzt ihre Dienste, aber man hat ein Grauen vor dem, der sie leistet. Selbst von unserm Schiller, der es über sich gebracht hat, die Ordnung in vorzüglichen Versen anzusingen, ist uns bekannt, daß er zu ihr keineswegs ein intimes Verhältnis unterhielt, und obwohl er soweit gegangen ist, zu behaupten, daß die Ordnung »das Gleiche *frei* und *leicht* und *freudig* binde«, hat er doch wohlweislich die Heuchelei nicht so weit getrieben, von »Liebe« zu sprechen. Die Leistungen der Dame sind allerdings ganz außerordentlich, ja großartig und bezaubernd, und so mag es ja vereinzelt vorkommen, daß jemand sie um dieser Leistungen willen »liebt«, wie etwa ein Junggeselle schließlich seine alte und anspruchsvolle, aber kolossal tüchtige Haushälterin heiratet – abnorm bleibt es aber immer. Dabei wird die Gemeinschaft der Brüder vom geruhigen Leben es stets als eine ihrer vornehmsten Aufgaben betrachten, die ungeheuren Verdienste der Ordnung unermüdlich zu preisen. Tritt am Morgen in dein Zimmer, wo sie gewaltet und – wenn sie nicht übertrieben hat – welch ein alles umschwebender Glanz der Schönheit strahlt dir entgegen! Dein Arbeitstisch lockt und reizt dich wie eine köstlich gedeckte Tafel; Papier und Schreibzeug schimmern so sanft und licht wie Porzellan von Sèvres und altes Silber und Venediger Glas, und die Blumen sagen dir fühlbar »Guten Morgen«, weil eine sorgliche Hand sie gepflegt. Und wenn du dich nun zur Arbeit setzest – welch eine Ruhe legt sich tief auf den ganzen Grund deines Gemüts! Das ist wohl die erhabenste Leistung der guten Frau, daß sie, die uns durch die Milchstraße führt wie durch ein Blumengärtchen, auch den mörderischen Wirrwarr des modernen Lebens schlichtet und, wo sie ihre kühle Hand auf eine Stirn legt, dem erhitzten Gehirn die Ruhe bringt. Sie ist die barmherzige Schwester für Nervenkranke. Und wie du nun, geruhig in deinem Stuhle sitzend, auf wohlüberschauten Wegen zu deiner Arbeit fernsten Zielen schreitest, nein, springst, nein, fliegst! Man beachte doch wohl, daß gerade die kältesten, profitfreudigsten Geschäftsleute am eifrigsten auf Ordnung halten. Weil man eben in jede Gleichung die Ordnung getrost als eine Pferdekraft einsetzen kann, das sind sieben menschliche Arbeitskräfte. Mit Ordnung kannst du das römische Reich regieren, nebenher sieben schöne und sieben ritterliche Künste treiben und in freien Stunden dem Angelsport huldigen, während du als unordentlicher Mensch einen ganzen Tag vergeblich aufwendest, um eine Schusterrechnung doppelt zu bezahlen, weil du die Quittung nicht findest, und dabei noch mit einem Gefühl durch dein Zimmer rennst, als wenn ein Teufel dein Gehirn und die umgebende Welt mittels eines Quirls zu einem Urbrei verrührte. Darum lautet ein vornehmstes Gebot unserer Brüderschaft: Habe einen Menschen, der dir alle deine Sachen in Ordnung hält, und wenn du keinen findest: thue es eher selbst, als daß du dich der Unordnung ergiebst! Die Sachen innerhalb deiner Persönlichkeit mußt du ja doch selbst in Ordnung halten, und bei einigen Menschen ist dies das meiste.

Ausgeschlagene große Lose und Ähnliches.

Der moderne Mensch empfängt von Zeit zu Zeit Briefe mit Lotterielosen, die er nach der Ansicht der Absender kaufen sollte. Unsere jüngeren Brüder pflegen ein solches Los, wenn sie es nicht behalten wollen, mit abgewandtem Gesicht wieder zu kuvertieren, damit sie, wenn es später mit 300 000 Mark gezogen wird, die Nummer gar nicht wissen. Anfängern im geruhigen Leben ist diese Weise auch gar wohl zu empfehlen. Jene Brüder freilich, die bereits die höheren und höchsten Weihen empfangen haben, bedürfen solcher Vorsicht nicht mehr; ja, sie merken sich wohl gar die Nummer, um deren Schicksal aus der Ferne mit wohlwollender Objektivität zu verfolgen. Denn diese Weisen wissen nicht nur, sondern sie *fühlen* es auch, daß man nach Nichtgewinnung des großen Loses genau so viel besitzt wie vor Nichtgewinnung des großen Loses und also nicht der geringste Grund zur Klage vorliegt. Die Brüder vom geruhigen Leben preisen nicht die Armut, schon deshalb nicht, weil sie ein gutes Konzert und einen schönen Siran Labarde lieben; aber sie sind davon durchdrungen, ja ich möchte sagen: durchtränkt, daß es bodenlos gleichgültig ist, wie viel Einkommen andere Leute haben, wenn man selbst soviel hat, daß man auskommen kann. Ein Bruder vom geruhigen Leben, dem soviel geworden ist, wird kaum wissen, wie viel Gehalt seine Kollegen beziehen, und wenn ihm ohne Gerechtigkeit einer vorgezogen wird, so wird er sich zwar über die Ungerechtigkeit ärgern wie über alles Unrecht in der Welt; aber er wird nicht an das entgangene Geld denken; thut er es aber dennoch, so wird er am nächsten Samstag voll Freudigkeit seine Strafe zahlen. Ein Bruder, der einen erheblichen Vermögensverlust erleidet, ist für vier Wochen von der Ableistung gewisser Freudentänze und Jubelgesänge entbunden, auch darf er natürlich Versuche zur Wiedererlangung des Verlorenen machen. Trauert er aber um Unwiederbringliches oder trauert er zu lange, so verfällt er der Strafe; denn ein Bruder vom geruhigen Leben soll wissen, daß er dem verlorenen Reichtum das Zehnfache hinzulegt durch seinen Kummer. Und ein Bruder, der reich gewesen, soll wenigstens das vom Reichtum gehabt haben, daß er erkannt hat: Tägliche Austern schmecken entweder genau so wie tägliches Rindfleisch oder – schlechter, und der Schlaf, »das nährendste Gericht am Tisch des Lebens«, pflegt über einer gewissen Steuerstufe an Qualität einzubüßen. Wer aber den verlorenen Reichtum um der Wohlthätigkeit willen liebte, der bedarf keines Trostes. Denn der Schatz zum Wohlthun ist solider Reichtum und sitzt an einer Stelle, wo Kursstürze und Zahlungseinstellungen ihre Macht verlieren.

Flöhe bei Audienzen, photographischen Sitzungen &c.

Man darf in guter Gesellschaft getrost von Flöhen reden; denn bekanntlich haben sogar Könige Flöhe und zwar große. In der Umgebung der Könige giebt es oftmals Hunde, und Hunde pflegen Flöhe abzugeben. Zuweilen handelt es sich auch nicht um Flöhe, sondern um ein ganz gewöhnliches und zufälliges Hautjucken, wie es mit Vorliebe auftritt, wenn der Photograph Stillsitzen geboten hat, oder wenn man den toten Julius Cäsar spielen muß, oder wenn man vor einer heißgeliebten Dame eine besonders gute Figur machen möchte, oder wenn man vor einer sehr hohen Persönlichkeit steht und nicht gerade angeredet wird, sich aber doch beileibe nicht kratzen darf. Sobald aber die hochgestellte Persönlichkeit ein hochwichtiges Wort an einen richtet, sind Floh und Jucken sofort verschwunden, und aus dieser bemerkenswerten Erscheinung soll der Bruder vom geruhigen Leben lernen. Wie? soll er sich fragen, was ein Staatsminister vermag, das sollte dein Wille nicht vermögen, der, schlecht gerechnet, ein König ist? Ein Floh oder ein Großfürst sollten stärker sein als deine Selbstbeherrschung? Kannst du den Floh verachten, wenn dir der Kaiser eine Statthalterschaft umhängt, so kannst du's auch, wenn du daheim sitzest als dein eigener Herr! Hier giebt es nun Menschen, die dagegen ihr unbezähmbares Temperament und ihre feurige Gemütsart einwenden.

»Vengeance! plague! death! confusion! –
Fiery? what quality? – My breath and blood!
Fiery? the fiery duke?«

Glaubt ihr, die Gottesgabe des Feuers sei euch ins Blut gegossen, auf daß ihr gegen Flöhe und Hosenträger kämpft? Wahrlich, wer sein Temperament an einen Halskragen verschwendet, der wird schlaff sein, wenn Handschellen und Halseisen ihm drohen. Auch sei doch der Mensch so weise, zu erkennen, daß jedes Juckteufelchen sofort erlahmt und abläßt, wenn man es verachtet. Audienzen, in denen man etwas bekommt, dauern nicht ewig, und der größte Floh wird einmal satt: das unterscheidet ihn von den menschlichen Blutsaugern. Wer aber einem Kitzeln – sagen wir: im linken Ohrläppchen – nur die geringste Beachtung schenkt, der erkennt sofort die infame Zahllosigkeit und niederträchtige Solidarität der Myriaden von Juckteufelchen, die ihn von allen Seiten wie einen Falstaff zwicken. Wer nicht herrscht an allen Nervenenden seiner Peripherie mit der absoluten Monarchie seines Hirns, der mag in dieser Welt wohl zu Grunde gehen unter eingebildeten Mückenschwärmen.

Komitees in allen Gassen.

Zu den verheerendsten Irrtümern der überregen Menschheit von heute gehört die Meinung, daß ein thätiger Mensch überall mitarbeiten müsse und daß der Ernst des Lebens niemals weniger von uns verlange als das Leben. Eine der edelsten Bemühungen ist es, sich zum Schutze der Tiere zu vereinen, und doch ist keineswegs gesagt, daß du, Cajus, dabei sein müßtest. Steure zu allem Guten so viele Obolen bei, wie du vermagst; aber wenn du zu allem Guten auch von deiner Kraft hergiebst, so bist du ein kopfloser Verschwender, der auf den leichtfertigen Bankerott hinsteuert. Unser geliebter Sempronius hat Lehrgeld bezahlt. Wo es ein Mäuslein zu schützen, einen Aussichtsturm zu errichten, ein Blindenasyl zu gründen gab, war er mit seinem lodernden Herzen dabei. Nach zwei Jahren war er ein müder Mann, den es kalt ließ, wenn ein armer Gaul von rohen Fuhrleuten gepeinigt wurde und der darum Ekel vor sich selbst empfand. Erst in den Armen unserer Brüderschaft ist er gesundet, hier, wo es heißt: Du kannst nicht auf alle Berge des Lebens steigen. Und brauchst es nicht. Suche *einen* möglichst hohen Gipfel zu erreichen; wenn du willst auch *einige*, und du wirst mit frischem Auge verstehen, was Höhen und Tiefen des Daseins sind. Auch nicht braucht es der Gaurisankar zu sein oder der Mont-Blanc – schon auf einem Rigi, einem Monte Pian, einem Brocken geht dir eine ausgebreitete Welt durch die Augen ins Herz. Auf anderen Gipfeln stehen andere und geben deinem Feuer Antwort durch Feuer, dessen Flammen mit deiner Lohe und deinem Herzen gemeinsam emporzucken zum alles vereinenden Himmel.

O daß die Menschheit immer in Extremen ihre Lebensbahn dahinwackelt und meint, weil der Mensch thätig sein soll, er müsse immer thätig sein. Künstereiche Zeit, die du eine Kunst so ganz verlernt hast: die köstliche Kunst, zu rechter Stunde zu faulenzen! Genüsse suchendes und findendes Geschlecht, daß du *einen* Genuß nicht wiederfanden kannst: den Genuß des Lebens! Armer Mensch, dessen ganzes Leben die Not frißt; ärmerer Mensch, der du Zeit zum Faulenzen hast und sie nicht nützest:»ärmer«, weil du krank bist! Wie ein verdorbener Gaumen die lautere Labe des klaren Wassers verschmäht, so kennen Sinn und Herz den heiter fließenden Trank des reinen Lebens nicht mehr. Nach schwerer Krankheit fühlen sie wohl in der Wonne der Genesung das Glück des reinen Seins, des Lebens an sich. Aber ist es nicht ein niedriger Sinn, der den Reichtum erst dankbar erkennt in der Armut und die Gabe erst schätzt, wenn sie ihm wieder entrückt ward? Fühlt ihr am Morgen nicht in den aufgespannten Augen das Glück des Wachens, das mit neuem Übermut den bunten Mantel der Träume verschmäht vor dem weißen Linnen der Frühe? Fühlt ihr nicht an den Lippen den morgenkühlen Becher des neuen Tags? Fühlt ihr nicht seine bewegliche Flut durch alle Glieder rieseln? Und tragen Muskel und Gebein nicht ihre wohlbemessene Last mit wohliger Lust davon, und singt nicht das ruhig schlagende Herz dazu ein bejahendes Lied? Habt ihr nie in der Glut des Mittags am Ufer des Stromes gelegen und ohne Ziel hinaufgeblinzelt in den blauen Brunnen der Unendlichkeit, in dem die Spenderin unserer Tage wohnt? Sind eure Augen nicht halbe Stunden lang mit den Wellen gewandert, und hat euer Herz nicht leichtsinnig dazu gelächelt: Zeit, fließe nur hin? Habt ihr niemals den silbernen Sand des Ufers durch die Finger rieseln lassen und also harmlos mit dem Stundenglas des Todes gespielt? Und habt ihr nie die letzte Stunde des Abends dahingegeben zum Abschiedsfest mit der Sonne und habt ihr nicht gesehen, wie sie selbst den Rest des Tages über die Höhen ausgießt und den roten Wein verschwendet zur Feier der Schönheit?

Zeit ist Geld, und Geld ist Zeit, und mit beiden haushalten zu müssen, ist Menschenlos. Aber der Zeitfilz ist so klein wie der Geldfilz. Selbst der Arme und gerade der Arme, wenn ihm Stunden der Ruhe blühen, gönnt sich die Lust, bewegungslos aus der Welle des Lebens zu treiben und den Tag ohne Zweck zu trinken als Licht und Luft. Und Du, erhabene Macht, die jeder mit anderen Namen nennt, mach' uns alle zu Brüdern vom geruhigen Leben, die auch in gesunden Tagen mit Lust das Leben an seiner Quelle trinken, die auch im ungestörten Besitz jenes Verlangen edler Herzen fühlen, ihren Dank ins Unbekannte emporzusenden. Wessen Seele den Gaben des Himmels offen liegt: jeder wärmende Strahl entzündet auf dem Herd seines Herzens ein Opfer des Dankes; sein ganzes Wesen hebt sich zum heiteren Antlitz des Tages empor, wie die Flut des Meeres sich dem schweigenden Gestirn der Nacht entgegenhebt.

Langstielige Maler, Kellner, Versicherungsagenten &c.

Im Münchener Löwenbräukeller saß einst ein Mann vor einer hohen Maß Bier. Von Zeit zu Zeit nahm er den Krug, hob den Deckel, schaute hinein, indem er den Krug schüttelte, und stellte ihn, ohne zu trinken, wieder hin. Dies wiederholte sich dreimal. Ein Bruder vom geruhigen Leben fragte ihn nach der Bedeutung solchen

Thuns. Der gefragte Münchener sprach:»Wann der Schaum mitwackelt, nacha is's guat g'schenkt; aber er wackelt net.«Und sieh, als sich aller Schaum verdichtet hatte, da fehlte wohl ein Sechstel am richtigen Maß. Schweigend, aber »mit Knotenstock im Blicke« reichte er den Krug der Kellnerin; schweigend nahm sie ihn entgegen und brachte bald ein voll gerüttelt und geschüttelt Maß zurück.

Die Gemeinschaft der Brüder vom geruhigen Leben rechnet zwar ein Sechstel Liter Löwenbräu gewiß zu den Dingen, die ein großzügiger Mensch verachten darf; aber im Prinzip bewundert sie den Mann mit dem wackelnden Schaum. Denn wenn auch ein gewisses Quantum erlittenen Unrechts zur täglichen Würze des Lebens gehört und die Menschheit zur Beschaffung dieses Gewürzes eine Versicherung auf Gegenseitigkeit geschlossen hat – ein Unrecht mit Widerhaken soll man nicht verschlucken. Solch ein Unrecht will dann monatelang, jahrelang doch nicht hinunter, so viel man auch schluckt, und richtet mehr Schaden an, als die ganze Duldung wert ist. Auch kommt das meiste Unrecht in der Welt auf Rechnung derer, die Unrecht leiden. Die Brüder vom geruhigen Leben erstreben nicht die Ruhe jener Vegetabilien, die von den Ziegen gefressen werden. Sie sind groß genug, das Kleinliche zu verachten und ein paar tausend Mikroben schaden ihrem gesunden Magen nicht; aber sie entwickeln eine sanft- und stillsinnige Kratzbürstigkeit, wo sie auf Gewohnheit und System im Unrecht treffen. So trifft der moderne Mensch in Hotels und Restaurants, auf Reisen und Daheim immer häufiger auf eine Art von Wesen, die dem Gaste, was sie ihm nicht entraffen, auf jegliche Weise verekeln und es nahezu als gewiß erscheinen lassen, daß Homer und Hesiod bei den Harpyien an eine Art Oberkellner und Hoteliers gedacht haben. Auch Kellnerinnen können sehr langstielig und unangenehm sein, wenn man von ihnen Dinge verlangt, die nicht zweifellos zur Bedienung ihres jeweiligen Studenten oder Sergeanten gehören. Ein anderer, ebenfalls sehr ehrenwerter Stand hat Angehörige, die, mit der Eleganz von Gesandtschaftsattachés gekleidet, unserm Dienstboten ihre hochfeine Visitenkarte überreichen, sämtlichen Hütern unseres Hausfriedens auf das bestimmteste versichern, daß sie »den Herrn selbst« in einer wichtigen Sache sprechen müßten, endlich mit dem Anstand von Trägern diplomatischer Missionen in unser Arbeitszimmer treten, die persönlichen Grüße hervorragender Männer der Kunst, der Wissenschaft, der Politik überbringen, mit intimer Kenntnis von deren Gewohnheiten plaudern und bald bei einem großen Manne verweilen, der eine rührende Liebe und Fürsorge für seine Familie bekunde und infolge dessen erst kürzlich bei ihm, unserm geschätzten Besucher, sein Leben mit 100 000 Mark versichert habe. Eine andere Menschenart übernimmt die Anstreichung eines Hauses, erscheint pünktlich am festgesetzten Tage und beginnt den Anstrich, um dann dich und dein viertelbemaltes Haus 14 Tage oder auch 3 Wochen lang miteinander allein zu lassen, nach dieser Zeit abermals ein einmaliges Gastspiel zu geben u. s. w. in infinitum. Ein Bruder vom geruhigen Leben pflegt schon nach dem ersten Ausbleiben des Malers einen anderen kommen und von diesem das Haus zu Ende malen zu lassen, so daß es bei der Wiederkehr des ersten Mannes stets einen überraschend heiteren Eindruck macht. Die Brüder vom geruhigen Leben kennzeichnet überhaupt *Heiterkeit* und *Handlung*. Sie werfen die kleinen Ärger des Tages von sich, ohne sich zu ärgern. In all den Quisquilien des alltäglichen Lebens befolgen sie den Grundsatz: Es geht ohne Aufregung auch, und besser.

Dreiecke im Frack, Rußflecken auf der Nase u. dgl.

Es giebt eine Sorte von Unglücklichen, die mit erschreckender Regelmäßigkeit, gerade wenn sie vor eine mächtige Persönlichkeit hintreten sollen, ausgleiten und hinstürzen und denen dabei quer übers Knie das Beinkleid zerreißt, oder die just, wenn sie einem allerliebsten Mädchen eine Rose überreichen, einen schwarzen Fleck auf der Nase haben. Ein noch weit größeres Unglück aber ist die beständige Furcht vor solchen Nasflecken und Kniefällen, und diese Furcht peinigt oft die besten und anmutigsten Seelen. Sie genieren sich nicht nur, sondern sie sind bange, daß sie sich genieren könnten, und sind zeremonieller als der Zeremonienmeister, um sich nur immer tiefer in Ungemach und Befangenheit zu verstricken. Große Seelen und liebreiche Herzen haben um deswillen Beruf und Glück verfehlt. Niemand glaube, daß solchen Armen mit einer Tanzmeistererziehung geholfen wäre! Die Ruhe des Zentrums fehlt ihnen, die die Brüder vom geruhigen Leben so heiter und glücklich macht. Der unterzeichnete Bruder Schreiber sah einst, wie ein baumlanger Mensch, der bei einem wahrhaft anmutigen Mädchen einen möglichst guten Eindruck zu erwecken redlich bemüht war, seiner ganzen Länge nach vor ihr in den Sand fiel. Das Verkehrteste bei solchem Falle ist es, sich stückweise anzusammeln, die Kniee abzuputzen und Entschuldigungen zu stottern, wo es nichts zu entschuldigen giebt. Unser langer Freund lachte. Er wurde so von der Komik seiner Situation geschüttelt, daß er liegen bleiben mußte und nichts vermochte, als den Kopf zu erheben und zu der Angebeteten emporzulachen, und er lachte so innerlich, so hell und strahlend, so mit der vollen, hallenden Resonanz des Herzens, daß sie in gefährlichster Weise angesteckt wurde und man deutlich bemerken konnte, wie er mit seinem Fall auf dem Wege zu ihrem Herzen einen Schritt von der ganzen Länge seiner Persönlichkeit vorwärts gethan habe. Nehmt die Dinge und euch selbst nicht schwerer, als ihr seid, dann tragt ihr leicht, dann fallt ihr leicht. Seid versichert, arme, gehetzte Selbstpeiniger: wenn ihr im Vorzimmer eines Fürsten oder einer umworbenen Dame oder ähnlicher Souveräne euch ein Dreieck in den Frack reißt, oder eure Kravatte sich löst oder der schädelsprengende Schnupfen des redlichen Albert Einhart euch überfällt und der Fürst oder die Dame euch darum abfallen lassen, dann handelt es sich um Damen und Fürsten, mit denen ein Bruder vom geruhigen Leben überhaupt nicht verkehren sollte. Resigniert mit Lachen und seid gewiß, daß euch bessere Dinge aufgehoben sind.

Diners von 3-12.

Noch verbreiteter als die Meinung, überall mitwirken zu müssen, ist unter uns armen Sterblichen die Überzeugung, daß wir überall mitessen müßten. Nicht, daß die Brüsseler Poularde mit Kompot und Salat nicht schließlich auf jeden ihre ermüdende Wirkung ausübte! Nein, es ist der Glaube an die Allmacht der »Gesellschaft«, der die Menschen feige macht und die Meinung in ihnen erweckt, sie müßten jährlich einmal bei sämtlichen Lehmanns essen, jährlich einmal sämtliche Lehmanns bei sich sehen, sämtlichen Lehmanns Verdauungsvisiten machen und von sämtlichen Lehmanns dergleichen Visiten entgegennehmen, wobei noch zu bedenken ist, daß die Lehmanns außerdem die Gewohnheit haben, sich zu verloben, zu heiraten, sich fortzupflanzen, zu avancieren und Jubiläen zu feiern.

»Die Menschen fürchtet nur, wer sie nicht kennt,
Und wer sie meidet, wird sie bald verkennen.«

Und

>»Wer sich der Einsamkeit ergiebt,
Ach, der ist bald allein!«

sagt Goethe, wie immer, mit Recht; aber nicht alle Lehmanns sind
Menschen, und man kann sehr wohl mit einem Menschen in demselben Ozean gebadet haben, ohne deshalb »gesellschaftliche Ver-
pflichtungen« gegen ihn zu fühlen. Eine Dame der Plutokratie er-
zählte unserm Bruder Tibull mit jenem seltsamen Lachen, dessen
Geheimnis in Elend und Morphium besteht: »Mein Mann und ich
sind kaum drei Abende im Winter zu Hause. Sehr oft haben wir
drei Einladungen an einem Tage: eine um drei, eine um sechs und
eine nach dem Theater.« Die gute Frau wies überzeugend nach, daß
das so sein müsse. Je wohlhabender ein Mensch, je angesehener
seine Stellung, desto mehr Diners muß er geben und einnehmen:
das ergab sich aus den Reden der Dame wie ein ehernes Lohnge-
setz. Wenn Meyers sich nämlich zurückhalten, so heißt es: »Meyers
sind pauvre« oder »Meyers sind geizig« oder »Meyers sind einge-
bildet« oder »Meyers sind ungebildet; sie wissen nicht, was sich
gehört.« Weil Meyers nämlich wissen, daß der Mensch sich gehört.
Und dabei können Meyers die ganz merkwürdige Beobachtung
machen, daß die Leute, die anfangs klatschten, bald mit einer un-
verkennbaren Hochachtung klatschen und schließlich von allem
nur die Hochachtung übrigbleibt und Meyers um so höher im Preise steigen, je seltener sie zu haben sind!

Menschheit, verachte deinen Klatsch! Kennst Du die Geschichte
von unserm Timotheus? Ein neidgeplagter, armer Teufel hatte seine
Künstlerschaft mit so geschickter Verlogenheit verunglimpft, daß
auch auf den Charakter unseres Bruders ein Schatten fiel und der
Verleumder doch nicht zu fassen war. Timotheus aß nicht, trank
nicht und schlief nicht. Da geschah es, daß sein Söhnchen krank
wurde, todkrank. Wochenlang schwebte das Bübchen zwischen Tod
und Leben. Und mitten in der flackernden Qual seines Herzens fiel
ihm unvermittelt die Verleumdung seines Feindes ein. Und mitten
in den tiefsten Ängsten der Nacht mußte er lächeln, und wohl
zehnmal sagte er zu sich selbst: du Narr – du Narr – du Narr! – Der
Knabe wurde wieder gesund, und als Timotheus eines Tages wieder an die Lügen des Neidharts dachte, da lagen sie nur noch wie

ein ganz, ganz schmaler, schmutziggelber Streifen am Horizont, weit hinter Stallupönen, und die Abonnenten des Verleumders glaubten längst an andere Lügen. In jenen Tagen fand Timotheus eines der Grundgesetze unserer Gemeinschaft, das Gesetz: Gewinne die große Distanz zu den Dingen! Denn wenn der Mensch nach acht Wochen oder nach drei Jahren über ein Ärgernis lachen kann, dann ist der Mensch ein Esel, wenn er nicht schon heute lacht! Mit diesem Gesetz zwingt ein Bruder vom geruhigen Leben den Schlaf auf seine Lider, wenn die Niedertracht der Welt ihn wach zu halten droht. Er legt sich auf sein sanftes Ruhekissen und nimmt die erste Dosis seines Schlafmittels, die lautet:»Durch Schlaflosigkeit schwächst du nur deine Kraft.« Hilft das nicht, so stellt er sich deutlich vor, wie er in Zukunft einmal über die Widerwärtigkeiten dieser Tage lächeln wird, und mit dem vorgestellten Lächeln auf den Lippen entschlummert er. Nur in besonderen Fällen wendet er die dritte Dosis an, die da lautet:»Wie würden sich deine Feinde freuen. wenn du um ihretwillen wachtest.« In der nächsten Minute schnarcht er.

Bleib Herr über deinen Schlaf und gieb das Scepter auch um jenes höheren Klatsches willen, den man fälschlich»Ruhm« nennt, nicht aus den Händen. Bruder Tarquinius ist ein dramatischer Dichter; aber der Arzt hat ihm Vorsicht mit seinem Herzen geboten. Er hat einen simplen Gedanken ein für allemal zum Amulett erhoben, und diesen Gedanken zieht er vor jeder Première hervor und küßt ihn; er lautet: Herz ist besser als Ruhm. Freilich denkt er dabei an jenen Ruhm, der darin besteht, daß Hans genau dasselbe meint, was Peter meint, weil Peter meint, was August meint, der sich für seine Meinung auf jenen Hans berufen kann. Der wahre Ruhm ist freilich was ganz anderes.

Der wahre Ruhm wächst nicht aus den Mäulern der Menge, sondern aus den Herzen der Werke. Hast du Anwartschaft auf solchen Ruhm, so sei versichert, daß er in deinen Werken durchaus mündelsicher angelegt ist. Kein anderer kann an dies Vermögen herankommen, und es wird wachsen durch Zins und Zinseszinsen, langsam aber sicher. Vielleicht kommt ein richtiger Ruhm erst nach deinem Tode heraus. Aber Nachruhm ist gerade der beste. Denn dann ist man nicht mehr dabei.

Und hat doch sein fernes Kommen in einsamen Zeiten wie einen erdefremden Duft gefühlt.

* *

*

Hier schließt die Vorlesung aus den Protokollen der Brüderschaft. Niemand wird die Gemeinschaft der Brüder für eine Bier- und Ruhebank halten, die Faulenzern und Feiglingen Gelegenheit giebt, stumpfzusinnen. Die geruhigen Brüder haben ein Verständnis dafür, daß es Invaliden des Lebens giebt, die sich darauf zurückziehen, täglich an derselben Stelle dasselbe Glas bis zur bestimmten Höhe gefüllt vorzufinden, es in der immer gleichen Zeit zu leeren und dabei auf dieselbe allgemeine Schnupftabaksdose in der Mitte der Tafel zu starren und in der sanften Betäubung dieses stillen Zirkeltanzes das bißchen Lebensrest zu verdämmern – die Brüder vom geruhigen Leben respektieren die Haken, die für die Hüte dieser Invaliden ein für allemal reserviert sind – aber sie haben nichts mit ihnen gemein. Die Brüder vom geruhigen Leben sind Kämpfer. Nur wollen sie den Kampf nicht dort führen, wo er sich nicht lohnt, wollen sie das Leben nicht dort schon tragisch nehmen, wo die Tragödie noch gar nicht beginnt, wollen sie ihre Eingeweide nicht schon opfern in den Vorhöfen des Lebens, wollen sie nicht wie die thörichten Jungfrauen ihr Öl verbrennen, bevor der Bräutigam kommt. Sie wollen in dem verdammten »Objekt« keinen Machtkitzel erwecken, indem sie seine kleinen und gemeinen, niedrigen und widrigen, schäbigen und klebigen Nücken und Tücken mit nervösem Ernst behandeln und wollen ihre Kraft sparen, um das Große zu verteidigen und das Größte, das Schicksal, mit Würde zu tragen. Denn das ist der allerhöchste und allerheiligste Grundsatz unserer Brüderschaft:

»Ein Leben in Wacht und in Waffen wider die Großmächte der Finsternis ist eines Erdenpilgers tiefste Ruhe.«

Was war uns Friedrich Schiller?

Wir plauderten sehr angeregt und lustig, ein großer dänischer Poet, eine reizende junge Dänin und ich. Im Laufe des Gesprächs rief ich: »Dem Manne kann geholfen werden.« sagt Schiller.« Die kleine Dänin lachte. »Die Deutschen ßaggen immer: ›Szaggt Schiller‹«, meinte sie.

Und sie hatte recht. Wenn der Deutsche ein Glas zerbricht, so sieht er es nachdenklich an und rezitiert: »Mit des Geschickes Mächten ist kein ew'ger Bund zu flechten,« und wenn er zahlen soll, zieht er langsam den Beutel und spricht: »Dies ist die Stelle, wo ich sterblich bin.«

Meine frühesten Schiller Erinnerungen drehen sich auch darum, daß ich öfter von den Erwachsenen hörte: »Sagt Schiller« – »Sagt Schiller.«

Und dann gab es eine alte, liebe Frau, die ich zuweilen am Sonntag mit meiner Mutter besuchen durfte. Es ging eine schmale, alte Stiege hinauf wie zu einer weisen Frau im Märchen, und wenn sie uns hörte, schaute sie oben übers Geländer und rief:

»Aoo, Fru Smidt, dat is aober schöön, dat Se endlich kaomen! Worum kaomen Se so laot (spät)?« Und dann ging es in ein kleines Zimmer, dessen kleine Fenster ganz mit Topfgewächsen bestellt waren, und es gab Kaffee und einen Teller Kuchen sogar und – Bücher. Wir hatten zu Haus eine Menge Bücher; aber merkwürdigerweise waren Schillers Gedichte nicht dabei. Hier waren Schillers Gedichte, illustriert. Während die beiden Frauen plauderten, besah ich den großen Drachen, den der Ordensritter getötet, las ich Verse wie:

»Da ihr noch die schöne Welt regieret,
An der Freude leichtem Gängelband
Selige Geschlechter noch geführet,
Schöne Wesen aus dem Fabelland!
Ach, da euer Wonnedienst noch glänzte,
Wie ganz anders, anders war es da!
Da man deine Tempel noch bekränzte,

Venus Amathusia!«

Auch wenn man als zehnjähriger Bube solche Verse nicht versteht, haben sie doch eine innerliche Gewalt, die die Augenlider auseinanderreißt und den Blick hinauszieht über Dächer und Mauern hinweg bis an den Himmelsrand. Ich habe Stunden innigster Knabenandacht über diesem Buche verbracht; manche Bücher haben mich stärker gespannt und gebannt, wie das von einem Kindersinn begreiflich ist; aber keines glänzte mir in einer so hohen, freien Heiligkeit wie dieses.

Die alte gute Frau hatte drei prächtige Söhne, die alle drei ihre freien Stunden gern über den Büchern verbrachten. Einer von ihnen aber, ein siebzehnjähriger, war ein ausbündiger Höhenwanderer und hieß wegen seiner ewigen, himmelwärts blickenden Versunkenheit »der Wolkenschieber«. Er war so ganz erfüllt von Schiller, daß er eine Zeitlang den Kopf beständig auf die Seite neigte, wie man es auf den Bildern des großen Pathetikers sieht. Und als der junge Mann einmal seiner Mutter die Kaffeekanne aus der Küche holen sollte und er das Gefäß in der Hand hielt, da kam die edle Raserei des Karlsschülers über ihn; er rief die Worte: »Ist dein Name nicht Mensch? Hat dich das Weib nicht geboren?« – der Schwung der Seele fuhr in den Arm, und die Kanne zerschellte klirrend am Tellerbord. Das war für ihn und die Mutter ein rechtes Malheur; denn eine Kaffeekanne – wenn's auch nur eine braune ist – kostet Geld.

Ja, als der Vater der drei Jünglinge noch lebte, ein alter asthmatischer Mann, der in einer Zuckerfabrik arbeitete, da kam er eines Tages zu uns ins Zimmer gekeucht und fragte:

»Is . . . p–h!– is . . . p–h! min Heinerich hier?«

»Nee«, lautete der Bescheid.

»De verdreihte Jung' p–h! De is to nix mehr to bruken –p–h! De hett nix anners mehr in'n Kopp as bloß Goethe –p–h! un Schiller –p–h! De Jung' –p–h! de ward noch rein appeldwatsch –p–h! Herr Smidt! Doohn Se mi den eenzig'n Gefall'n –p–h! – wenn de Bengel sick noch een eenziges Mal uphöllt –p–h! – denn smiten Se em . . . (blooß 'n halbe Stun'n!) . . . smiten Se em de Trepp' dol!«

Mein Vater sagte »ja« und lachte in sich hinein. Er war gerade der
Mann, einen schillerbegeisterten Jüngling die Treppe hinunterzu-
werfen! Und noch dazu eine halbe Stunde! Dies halbstündige Trep-
penhinunterwerfen wurde noch oft belächelt, wenn der »Wolkenschieber« wieder einmal zur Thür hereintrat, um mit meinen Brüdern wieder einmal die Eindrücke einer vom erhabensten Standort
der Gallerie geschauten »Carlos«- oder »Egmont«-Vorstellung in
der Erinnerung zu durchkosten, oder alte Bücher hervorzuholen,
vom Karren-Antiquar erworbene, mit ehrwürdigen Stockflecken
geschmückte Bücher, in welchen vorn die Bilder der Dichter auf
Wolken thronten, Bücher von Gleim, Uz, Neuffer, Klopstock, Bürger, Goethe, und einen Schiller in einer Ausgabe aus den ersten
Jahrzehnten des Säkulums, ihn aufzuschlagen, dann aufzuspringen:
»Ha, du, *die* Stelle . . . .!« und viertelstundenlang aus dem Kopfe zu
rezitieren, solche Verse wie:

»Jahre lang mag, Jahrhunderte lang die Mumie dauern,
Mag das trügende Bild lebender Fülle bestehn,
Bis die Natur erwacht und mit schweren, ehernen Händen
An das hohle Gebäu rühret die Not und die Zeit,
Einer Tigerin gleich, die das eiserne Gitter durchbrochen
Und des numidischen Walds plötzlich und schrecklich gedenkt.«

Heilige Welt der Vergangenheit, geschaffen aus Dürftigkeit und
Begeisterung: dich mußte ich heraufbeschwören, als ich mit glückli-
chem Sinnen überdachte, was uns Schiller gewesen! In dieser Welt
wußte man oft nicht, wovon man am nächsten Tage leben solle;
aber man wußte, daß die großen, heiligen und schönen Dinge über
alle Tage und Sorgen dauern. In dieser Welt hatten die Fenster keine Gardinen; aber man sah durch diese Fenster mit weitaufgehen-
dem Herzen die große, wandelreiche Schönheit des Himmels; die
Betten hatten keine Federn; aber man legte sich nieder mit einem
Kopf voll leuchtender Gedanken und singender Träume; man erwachte und erfaßte sogleich mit dankbarem Herzen die ewige Ju-
gendschönheit des Morgens. In dieser Welt kannte man nicht die
tausend raffinierten Genüsse des materiellen Lebens; aber die stolze
Seele trug weit, hoch hinaus über dieses Leben in ein unendlich
höheres, wo die Stille des Abends, die schweigende Glut des Mittags, der weiße Rauch über den Wiesen Genuß und Seligkeit war. In

dieser Welt sorgte man sich um eine zerschlagene Kanne, weil man oft die Groschen zu ihrer Wiederbeschaffung nicht hatte; aber naiver Weise kam man nie auf den Gedanken unserer besseren Kreise, daß man ja an den *Büchern* sparen könne und *keinen* »Coriolan« für drei Groschen zu kaufen brauche. Es war eine ganz unordentliche, unmoralische Welt! Und doch weiß ich mir kaum etwas Heiligeres als einen Jüngling, der die Aufmerksamkeit des Pöbels durch einen geflickten Rock erregt und der dieser Aufmerksamkeit nicht gewahr wird, weil er die Anwartschaft auf einen antiquarischen »sämtlichen« Lessing in der Tasche fühlt und geraden Blicks in dies verheißungsvolle Land seiner neuen Hoffnung starrt. Solche Jugend hat auch einen Heiligen, er heißt Friedrich Schiller. Zu ihm richten sie den Blick empor, an ihm richten sie sich auf in den Jahren, da sie nach einem Weltgesetze hungern oder sich die Finger blutig schinden, um nur ihr ängstlich bewachtes und gehütetes Ideal nicht angreifen zu müssen. Friedrich Schiller ist der Heilige solcher Dichter, wie etwa Hebbel einer war, *auch* ein großer Friedrich und Dramatiker, der von München nach Hamburg zu Fuß durch Deutschland irrte wie ein verstoßener Hund und der dabei noch sorgte und bangte, daß sein armes Mithündchen, das er auf dem Arme trug, ihm unterwegs vor Frost oder Hunger sterben könne. Der vorbildliche Repräsentant eines aus Dürftigkeit und Begeisterung rührend und wundersam gemischten Lebens, hat Schiller in der That wie kein anderer durch sein Leben und Wirken den Deutschen das Evangelium gepredigt, daß der Mensch nicht vom Brot allein lebt, ja daß es besser ist, *nicht* zu leben, als allein vom Brote.

Die modernen Dichter schimpften bis vor kurzem in merkwürdiger Verblendung ohne Atemholen auf den deutschen Professor als ihren größten Feind. Der deutsche Professor ist wohl manchmal ein Pedant, der seinen Stand und seine Fähigkeiten höher schätzt als alle andern, und hat wohl manche Sünde gegen moderne Literaturen von heut und ehemals auf dem Gewissen. Aber er ist auch ein ehrlicher Mann und läßt sich überzeugen, und *wenn* er überzeugt ist, dann tritt er mit demselben ehrlichen Idealismus *für* euch ein, mit dem er vordem gegen euch geeifert hat. Wenigstens droht der modernen Dichtung von den *Professoren* längst keine Gefahr mehr. Aber sie droht ihr von den Litteratur-Negozianten, von den »lateinischen Geschäftsleuten« unter den Autoren, von den neusprachigen Handelsleuten unter den Verlegern und Theaterdirektoren, von den verschämten Geldleuten, die infolge von Dramenverhaltung Schmähkritik schwitzen, kurz von den Leuten, bei denen *erst* das Geschäft und *dann* das produktive oder rezeptive Vergnügen kommt.

>>Herr X. hat sich nach Winkelswerda zurück-
gezogen, um daselbst an einem neuen, abend-
füllenden Stück zu arbeiten.«

>>Abendfüllend« – ist das nicht bezaubernd? Natürlich stammt das Wort nicht von einem Dichter, sondern von einem überglückli-chen Geschäftsmann. Aber es ist wundervoll bezeichnend für einen mehr und mehr *herrschend* werdenden Kunstgeist.

>>Was hat Ihr Herr Gemahl unter der Feder?«

>>Ein abendfüllendes Trauerspiel.«

Es ist zum Schreien!

>>Seht ihr's?« denken nun die Damen und Herren vom gemäßig-ten Idealismus, »seht ihr's, wie recht wir thaten, wenn wir unser Geld für seidene Jupons, Sarrotti-Schokolade und Rennräder aus-gaben und uns vorsichtigerweise *keinen* Reclam kauften? Der Dich-ter muß arm sein; es ist so wonnig, wenn er arm und dennoch Idea-list ist! Ein Dichter *darf* ja gar kein Geschäft machen! Darum wirkt ja das Schillerhaus so rührend, weil es so armselige Möbeln hat! Man sagt auch, den Dichtern gehe es wie den Kanarienvögeln, wenn sie zu gutes Futter bekämen, sängen sie nicht mehr.«

Das aber, meine Verehrten, ist ein Irrtum. Nichts hat der Dichter weniger nötig als Armut. Goethe hatte Zeit seines Lebens reichlich zu essen und sang doch für seine Verhältnisse ganz anständig. Und den größten Spaß hab ich an einem Künstler, der von seiner Nation energisch zu leben verlangt, und *gut* zu leben, und der solchen Leu-ten, die ihn nach seinem Steuerzettel und nach dem Marktwert seiner Werke beurteilen, keinen Heller erläßt. Aber *wenn* er nun einmal arm ist, dann verpflichtet ihn sein Adel, sich trotzdem nicht zu verkaufen, das ist die Meinung! Und ob er arm oder reich ist: wenn er mit seinem Genius allein ist und mit ihm um ein neues Werden ringt, dann gefälligst – procul negotiis! Und wenn ein armer Teufel in einer schwachen Stunde sagt: Jetzt muß ich Geld haben, jetzt will ich so etwas wie »Dolly« oder »Charley's Tante« schreiben, und er kommt auch zwei Tage lang ganz gut vorwärts, dann ist es wunderschön, wenn er plötzlich die Feder hinwirft, »Pfui Teufel!« ruft und nun eine »Minna von Barnhelm« oder dergleichen schafft. *Das* meinte ich.

Ihr Krokodilsseelen aber, die ihr so tief im ödesten Materialismus steckt, daß ihr eher tausend Mark für eine Abfütterung oder für ein paar Kleider und Hüte ausgebt als drei Mark für das Werk eines echten Poeten und dabei die Stirn habt, in Schule und Haus, Kirche und Parlament, Cercle und Versammlung vom Schillerschen Idealismus der Gesinnung zu schwögen und ihn anderen noch vorzuhalten, weicht um Gotteswillen weit und schnell von diesem großen Schatten, daß ihr ihn nicht beleidigt durch eure zudringliche Brüderlichkeit!

»Verdammen den Sadduzäer, der nicht fleißig genug in die Kirche kommt, und berechnen ihren Judenzins am Altare – fallen auf die Knie, damit sie ja ihren Schlamp ausbreiten können – wenden kein Aug' von dem Pfarrer, damit sie sehen, wie seine Perücke frisiert ist. – Fallen in Ohnmacht, wenn sie eine Gans bluten sehen, und klatschen in die Hände, wenn ihr Nebenbuhler bankerott von der Börse geht –«

Das geht auf euch, Verehrteste. Und *eure* verlogene Schillerei und das ewige hohle Epigonenpathos jener Dummen, die nie begreifen, daß man einen Großen nicht einholt, indem man ihm nachläuft: die sind schuld daran, daß selbst bessere Köpfe und Herzen unter den Jungen das Schillersche Pathos für unwahre Phrase halten konnten. *Ihr* habt ihnen den Schiller verekelt, so sehr, daß sie wahres und falsches Pathos nicht mehr unterscheiden konnten.

Wenn etwas wahr gewesen ist von dem, was mein Kinderherz ergriffen hat, so ist es die Schillersche Dichtung gewesen. Ich saß dabei, wenn sie die Bücher aufschlugen, in welchen vorn die Brustbilder der Dichter auf Wolken thronten, sah und hörte, wie sie die breitbeschwingten Worte sprachen, Flammen in den Augen, jene jungen Flammen, in denen schon so oft der Plunder einer verdorrten Welt verbrannte. Und ich behielt – wie es in der Bibel so wunderschön heißt – alle diese Worte und bewegte sie in meinem Herzen.

Und eines Sonnabends – es ist mir noch wie heute; ich mochte 13 Jahre zählen – als ich unversehens über den »Tell« geraten und zur Stauffacherschen Rütlirede gelangt war, einer fast unheimlich aufwühlenden Rede, wie sie nur noch Shakespeare seinem Marc Anton geschrieben hat –: da »riß der Mut mich blindlings fort«, ich *mußte* laut lesen und las das Stück zu Ende, und es mußte auch Wahrheit in meinem Leben und im Leben meines Herzens sein; denn meine neben mir sitzende Mutter hielt ganz still, und als ich aufhörte und wir beide schweigend vor uns hinsahen, da schlug es halb zwei Uhr in der Nacht.

Und dann fing's an mit dem Vorlesen bei den drei Schulkameraden am Sonntag, den ganzen dramatischen Schiller, den ganzen dramatischen Goethe, den ganzen Shakespeare, und wieder mußte die Kunst dieser Männer und mußte meine Begeisterung echt sein, herzlich echt; denn sie haben mich nie hinausgeworfen, obwohl sie die Stärkeren waren, nein, immer mehr wollten sie hören. Und als mir der Lehrer, der mir aus besonderer Güte und Liebe Privatstunden gab, eines Tages die »Räuber« vorlegte und ich aus meiner fünfzehnjährigen Seele die ganze abgründige Bosheit Franzens heraufholte und meinen heißen Ingrimm über das »schlappe Kastratenjahrhundert«, da sah er mich mit seinen großen, altpreußischen Augen an und bat mich ganz besorgt, ich möchte mich nur nicht zu sehr erregen. O ja, es muß so etwas drin sein, in diesem Schiller . . . .

Dann kam auch die Zeit, da ich meine Sparpfennige in Büchern anlegte. Von einem Karrenbuchhändler – ich lege Wert darauf, zu betonen: *kein* Jude! – erwarb ich eines festlichen Sonntags Schillers Gedichte für siebzig Pfennige. Ich war glücklich und gerührt. Nun *besaß* ich sie! Und für siebzig Pfennige! Ist es möglich, daß man solch ein Buch für siebzig Pfennige kaufen kann?! Es war eine Reclamsche Ausgabe; ich blätterte darin und entdeckte bald, daß man dieselbe Ausgabe neu für sechzig Pfennige kaufen könne. Das veritable Pech eines Schiller-Enthusiasten!

Wenn man auf den tausend Gebieten des Lebens tausendmal in tausendfach vergrößertem Maßstabe ebenso »hineingefallen« ist, dann kommt eine Zeit, da man die Entzückungen seiner Jugend an Laura und andere Gestalten und Ideale schmäht, verlacht, vielleicht gar haßt und den Schiller nicht mehr mag. Man glaubt dann, man sei schon ein Mann, ist aber nur ein umgekehrter Jüngling. Bei den Philosophischen dauert es aber nicht lange, bis sie *wirkliche* Männer werden. Dann können sie wieder den Schiller lesen und gerade seine *ersten* Gedichte, seine *ersten* Dramen! Bei den pathetischen Verstiegenheiten lächeln sie; aber nicht mit Geringschätzung, vielleicht mit Traurigkeit, gewiß mit Ehrfurcht. Ein juvenalisches Wort steigt ihnen auf in erweiterter Bedeutung:»Die größte Ehrfurcht gebührt der Jugend.« Soviel hat der »wirkliche Mann« wenigstens vom Sinn des Lebens begriffen: daß Ungestüm und Überschwang der Jugend genau so notwendig und heilig ist wie die Ruhe des Mannes und die Bedächtigkeit des Greises. Ohne Begeisterung geht man nicht freiwillig in den Krieg. Und die Jugend muß in den Krieg, in die erbitterte Guerilla gegen die harten, heimtückischen Realitäten des Lebens, in den Krieg, aus dem wir mit wenigen Ausnahmen zurückkehren, aber keiner ohne Wunden und schmerzende Narben. Wenn die Jugend nicht selbstvergessen hinausstürmt in den Krieg mit dem Leben – dann wehe der Welt.

Aber nicht nur Ehrfurcht vor der Jugend erfüllt den Schiller lesenden Mann, auch Ehrfurcht vor dem größten Pathetiker der Weltlitteratur erfüllt ihn. Man kann einen Pathetiker nicht täglich lesen wie Goethe und die Natur. Aber man kann Schiller von Zeit zu Zeit immer wieder lesen. Denn er ist nicht nur der *größte* Pathetiker, sondern ein *großer*. Dies aber ist er, weil in seinem Pathos nicht nur Gefühle, sondern auch Gedanken leben, Gedanken, die eine ganze Seele in Schwingung versetzen. Gefühl ohne Gedanken wird auf die Dauer fade; daß sie *beides* hatten, das machte die großen Dichter groß. Der Dom des Schillerschen Pathos steht noch heute, weil sein herrlich geschwungenes Gewölbe gestützt wird von mächtigen Gedankenpfeilern.

Du aber, Schiller verachtender Mann mit dem »Ernst des Lebens«, der das Pathos verachtet, weil es oft vor der Vernunft nicht besteht – was ist denn Pathos? Pathos heißt Leiden. Ich möchte das so verstehen, daß wir pathetisch werden, wenn etwas so groß oder so schön vor unsere Seele tritt, daß wir unter der Gewalt des Eindrucks leiden. Ja, auch das Schöne kann mit so gewaltiger Hand in unser Herz greifen, daß es weh thut. Hast du das je erfahren? Nein? Und dein Herz ist nie ertrunken in seinem eigenen Überfluß? Der quellende Jubel deines Blutes erstickte nie die Sprache deiner Vernunft wie Thränen die Stimme?

Armer Mann! Ich jauchze noch heute mit dem »Lied an die Freude« wie mit einem Sturm, der durch Flammen fährt.

Heimkehr in die Stadt

(Aus einem Briefe.)

Lieber Edgar!

Wenn ich nun ein Nachbeter und gedankenloser Mensch wäre, so würde ich folgendermaßen anfangen:

»Aus der köstlichen Frische und Schönheit des
ländlichen Aufenthalts, aus der Umgebung
friedlicher und harmloser Menschen zurück-
gekehrt in den schwülen, giftigen Brodem der
Großstadt mit ihrem gierenden Hasten und Ja-
gen und –«...

na – und so weiter.

So pflegt man doch zu schreiben, nicht wahr? Nun, ich denke garnicht daran, zu »pflegen«. Erstens, weil jeder schöngeistige Hausknecht so etwas behauptet, und zweitens, weil es eine niederträchtige Heuchelei ist.

Drei Vierteljahre thun sie sich gütlich an den Freundlichkeiten der Großstadt; dann gehen sie, auf die Großstadt schimpfend, für drei Monate auf die Berge oder ans Meer, springen über Gletscherspalten oder backen Sandkuchen, kehren dann in die Großstadt zurück und wundern sich, daß sie braune Backen haben, die Gänseleber wieder viel besser vertragen als zuvor und so recht mit neuen Kräften auf die Großstadt schimpfen können.

Halt, meine Verehrten: das ist nicht in der Ordnung!

Steigt ein Vierteljahr lang täglich zehnmal auf den Stintfang, rudert dann bis Blankenese hinunter und laßt zur Abwechslung regelmäßig auf dem Heiligengeistfelde einen Drachen steigen, anstatt in Kontors und Nachtcafés zu sitzen, und ihr werdet staunen über eure braunen Backen und eure grünen Triebe!

Scherz beiseite: auch ich finde, daß es doch besser ist, ins Berner Oberland oder ans Nordmeer zu gehen. Ich gebe nicht zu, daß auch nur ein Mensch die reine, unberührte Natur und ihre kulturentrückte Größe mit innigerem Herzen liebte als ich. Wenn *einem* das Herz glüht und blüht zwischen Felsenwänden und aus der Meerflut, wenn es *einem* schwillt und sich dehnt im Angesicht der stillen Heidewelt, dann bin ich's. Ich liebe das Gebirge, ich liebe das Meer, ich liebe den Wald, ich liebe vielleicht am meisten den verschwiegenen Weg in Feld und Weide, wo Natur sich zu mir gesellt und ein Stück Weges mit mir wandelt in den Abend hinein . . . ich liebe die Welt und trage ihre sieben Farben in meiner Seele.

> An dich, du wunderbare Welt,
> Du Schönheit ohne End',
> Auch ich schreib' meinen Liebesbrief
> Auf dieses Pergament.

> Froh bin ich, daß ich aufgeblüht
> In deinem runden Kranz.
> Zum Dank trüb' ich die Quelle nicht
> Und lobe deinen Glanz.

sag' ich mit dem Meister Gottfried von Zürich. Also: Ein runder Kranz ist's, nicht ein kleiner Kranzausschnitt von drei Monaten Sommerfrische! Ihr sollt nicht undankbar sein gegen die Großstadt!

Edgar, du, der du an meinem Arme so oft die breiten Blumenpfade der Großstadt gewandelt bist, auch du, Edgar, machtest in deinem letzten Schreiben gewisse Andeutungen von dem »Brodem«. Edgar – alter Tartüffe!

Soll ich dir die Schlemmergefühle zurückrufen, mit denen wir auf den dicken Teppichen der Zivilisation umherflaniert sind? Sieh, ich kehre eben jetzt aus der Sommerfrische zurück in die runden, weichen Arme meiner Hammonia. Stelle dir nur vor, du fährst in den Bahnhof einer Großstadt ein. Schon die Miene des Dienstmannes, der an der Wagenthür wartet, sagt dir: du wirst erwartet, du wirst empfangen, du bist willkommen. Deine Koffer werden dir abgenommen und befördert, wohin du willst. Du siehst dich um: eine ragende, eisendröhnende Halle mit bunten Glasfenstern, ein weiter, hallender Tempel der raumbezwingenden Gottheit. Du willst ins Freie: die ganze Anlage ist so klar, so einfach, so übersichtlich; zuvorkommende Schilder, höfliche Plakate zeigen dir so deutlich den Weg, daß alles nervöse Irren und Verirren dir erspart bleibt; die allgegenwärtige Hand der Kultur geleitet dich sorglich hinaus. Du willst in die Stadt fahren –

Freund, gedenke der Fahrgelegenheiten in der Sommerfrische.

Du willst mit einem schweren Koffer abreisen; dein Wirt erklärt mit Grinsen, daß er seine Wagen und Pferde schon vergeben habe; die Bauern der nächsten fünf Dörfer bemerken, daß sie ihre Pferde zur Ernte gebrauchen – das ist ihr gutes Recht – aber sie grinsen dabei vor Vergnügen, das ist überflüssig. Du findest endlich einen, der seine Pferde nicht braucht; er fährt dich; du fragst nach dem Preise, und dieser unverdorbene Landbewohner streckt dir die biedere Rechte entgegen und fordert für eine Stunde Weges mit erstaunlicher Sommerfrische nichts als 20 Mark. Er grinst dabei wieder in unnötigster Weise. Du wagst die schüchterne Bemerkung, daß dir der Preis etwas hoch vorkomme, worauf der idyllische Mann mit jener erwähnten Art des Lächelns bemerkt, du könntest ja ein andermal mit einem andern fahren.

Zurück, zurück, teurer Freund, in die Großstadt! Also: du trittst vom Bahnhof ins Freie, du zwinkerst in dem hellen Sonnenlicht einmal mit den Augen, und drei Droschken fahren vor, obwohl du nicht schielst. Du wirst eben auch hier erwartet. Du engagierst nur einen Kutscher und die andern beiden sind wohlerzogen genug, nicht zu schimpfen. Dein Kutscher bedient dich mit Gewandtheit und Höflichkeit, und die Fahrt geht los. Wie in einem Kahn auf freundlich bewegter Welle fährst du über die Flut des Großstadttreibens wohlig und leicht dahin. Du bist in der Menge – und doch allein in deinem hübschen rollenden Häuschen. Du gleitest über der Menge dahin mit Gefühlen der Unnahbarkeit, und was hindert dich, daß du dich für einen König hältst, der es schon lange nicht mehr nötig hat, zu regieren, und den die Menge nur deshalb nicht grüßt und bejubelt, weil er sich auch ohne das sehr wohl fühlt?!

Du willst aussteigen und bezahlen. Du brauchst dich nicht über eine unverschämte Forderung zu ärgern. Die Taxameteruhr zeigt dir, was du schuldest, und grinst nicht. Du zahlst und während du dem Manne ein Trinkgeld in die Hand drückst, scheint ein Segenswunsch für dich und deine nachgeborenen Geschlechter seine Züge zu verschönen. . . .

Hier seh ich dich wieder ironisch lächeln über meine Dankbarkeit für gute Behandlung durch Kellner, Kutscher, Kondukteure u. s. w. Es ist wahr, wenn ein Schaffner mich mit der echten Höflichkeit des Herzens um meine Fahrkarte bittet, dann werde ich weich, sage: »Hier, mein Herr!«, präsentiere ihm meine Cigarrentasche, betrachte während der ganzen Fahrt diesen gebildeten Mann als meinen Freund und begrüße ihn, wo er erscheint, mit einem liebevollen Blick des Einvernehmens. Ich bin so empfindlich gegen »Behandlung«, selbst im feinsten Restaurant ist mir das Erfreulichste eine delikate Bedienung, und eine diskrete Zuvorkommenheit kann mich zu sehr guten Weinen hinreißen. Und – gieb einmal acht darauf: Je größer die Stadt und je höher die großstädtische Civilisation entwickelt ist, desto mehr bildet sich mit Notwendigkeit – eine solidarische Höflichkeit nicht nur – nein, Freundlichkeit, Milde, fast möcht' ich sagen: Güte heraus, und nur die hoffnungslosesten Hotel-Esel behandeln noch den Gast à 20 Mark schlechter als den à 1000 Mark, um recht bald Pleite zu machen. Weil ihre 1000 Mark-Höflichkeit eben auch nicht die echte ist. Du weißt auch, mein Edgar, wie fabelhaft unangenehm ich werden kann bei schlechter Behandlung. Und das halt' ich für das rechte Prinzip im großstädtischen Verkehr. Laßt uns, meine Brüder, wo wir zu Hunderttausenden beisammen wohnen, das schwere Leben uns leicht machen, indem wir einander tragen und ertragen in Höflichkeit und Güte, laßt uns zuvorkommend sein gegen Oberkellner, damit wir Nachsicht von ihnen erfahren; laßt uns aber auch, sobald ein Mensch nur den Versuch zu einer rüpelhaften Miene macht, ihm den schuldigen Thaler so nahe unter die Nase halten, daß er die Faust wittert.

Du bist vor einem Wäscheladen abgestiegen, weil du deine Bekleidung in etwas erneuern möchtest – –

Freund! Rufe dir zurück, was es bedeutet, auf dem Lande einen Kragen oder eine Bluse deiner Frau waschen zu lassen! Bedenke, daß die alte Waschfrau, die für die Kurorte des betreffenden Regierungsbezirks die »feine Wäsche« übernimmt, deinem Dienstboten kaltlächelnd erklärt, daß sie Kragen und Blusen in 14 (vierzehn) Tagen schicken werde. Bedenke, daß sie nach 14 Tagen nicht kommen, daß dann deine Frau hingeht, die Wäsche in unverändertem Zustande vorfindet und von der Wäscherin die Versicherung erhält, daß sie sich bemühen werde, die Wäsche ausnahmsweise nach weiteren 14 Tagen zu liefern. Bedenke, daß nach diesen 14 Tagen die Wäsche keineswegs eintrifft, daß du dann selbst hingehst und sie günstigenfalls in eingeweichtem Zustande vorfindest, ungünstigenfalls aber bis zur Unkenntlichkeit gebügelt und mit jenen rostroten Fleckchen gesprenkelt, die den Forellen so gut stehen; daß die biedere alte Waschfrau sich alsdann für Gesteiftes und Ungesteiftes die gleichen steifen Preise bezahlen läßt und dich auf deine ernstlichen Vorhaltungen mit der Bemerkung entläßt, vornehme Leute nähmen überhaupt so viel Wäsche in die Sommerfrische mit, daß sie nicht waschen zu lassen brauchten.

In einer einzigen Straße bietet die Großstadt dir in schimmernden Läden alles, dessen du bedarfst. Du magst eintreten, wo du willst: du wirst erwartet, du bist willkommen. Mit dem freundlichsten Gesicht von der Welt verkaufen dir diese Menschen das beste, was sie haben. Parbleu! Ich begreife diese prickelnde Lust der Frauen, zu kaufen, so lange sie Geld in der Tasche oder den Blanko-Kredit ihres Mannes im Herzen fühlen! »Ich werde dies nehmen« oder »Schicken Sie mir das in meine Wohnung« – das spricht sich so leicht, so angenehm, gerade bei den feinsten Sachen. Wenn es dir Freude macht, so kannst du dich zum Bettler kaufen und brauchst nur ein paar Schritte darum zu gehen, ja brauchst nicht einmal das. Man ladet dich ein, in einem kostbaren Sessel Platz zu nehmen und breitet vor dir die Schätze Ophirs aus. Du machst eine abfällige Handbewegung, und das ganze Personal ist sofort derselben Meinung. Du wirst von lauter Menschen bedient, die denselben Geschmack haben wie du und diesen Geschmack bewundern, die deine Gestalt für die wohlgebildetste halten, die sie je bekleiden durften, und die (und hier mit Recht!) erklären, daß deine Gattin in jedem Kleide aussehe wie eine Königin, in den teuersten wie eine Kaiserin. Vielleicht ist aber doch nicht alles, was du wünschest, im Erdgeschoß zu finden, und du mußt dich schon – so bedauerlich es ist – in ein oberes Stockwerk »bemühen«. Man öffnet die Thür und du besteigst den Fahrstuhl; aber zum Glück sind darin ein üppiger Divan, ein paar amüsante Journale und ein Spiegel, um Männern und Frauen die Sekunden zu vertreiben. All dieser Komfort ist dein, du hast Anspruch auf ihn, du bist Abonnent aller großstädtischen Erleichterungen des Lebens und du bist es in Berlin wie in Hamburg, in Wien wie in Paris, in London wie in Rom: der Großstädter ist ein Bürger aller Welten. Und selbst wo er nichts kauft, geleitet man ihn mit diskreten Verbeugungen zum Ausgange und entläßt ihn mit höflichem Gruß. Die Gesichter, die man hinter seinem Rücken macht, sieht er nicht, und wenn er sie sich vorstellt, so ist es für die gleichmütige Seele des Großstädters nur ein Vergnügen mehr.

Du trittst wieder hinaus auf die Straße und übergiebst dich dem Strom der Menge. Ich weiß ja nicht, ob du es auch so machst; aber wenn ich in einer fremden Stadt weile, halte ich mir alle freund- und verwandtschaftlichen Anerbietungen von Führung durch die Stadt mit Nachtquartier, Morgenkaffee, Mittagessen und Abendbrot langgestreckten Armes fern, wenn sich nicht – was noch sicherer ist – ein vollkommenes inkognito aufrecht erhalten läßt. Besonders pflege ich mich in der Erfindung sinnreicher Einwände zu erschöpfen, wenn ich es mit jener Art von Freunden zu thun habe, die den Gast in jeglicher Minute unterhalten zu müssen meinen, selbst während des Mittagsschlafes. Edgar, giebt es denn wohligere Lust, als sich tagelang steuerlos treiben zu lassen auf der ewig bewegten, ewig blinkenden und doch aus der Tiefe ewig geheimnisvoll brausenden Flut des Großstadtlebens? Fühlen wir nicht hier, daß das Element, das sich »Menschheit« nennt, daß es trotz alledem und alledem unser Element ist und daß wir in ihm leben, weben und sind? Mitten in dieser Menge, die uns in unserer einsamen Zelle so oft ein grauenhaftes Antlitz gezeigt, die uns wie eine millionenfüßige Bestie erschien, wenn blöde Schaulust, blöder Haß und blöde Liebe sie zusammentrieb, ja, der wir geflucht und von der wir uns im innersten Wesen loszutrennen gemeint: mitten in dieser lauten, wirbelnden Menge hebt die einsam dahinwandelnde Seele ein stummes Frohlocken an, und die unbewegten Lippen singen den Jubelgesang: Ja, wir sind doch ein Großes, Starkes und Schönes, wir Menschen, und werden doch einst größer werden und stärker und schöner, und fahren doch zu lichteren Gestaden! Und soviel Gemeinheit in dieser Menge ist und soviel Dummheit (die eigentliche Gemeinheit im Weltwesen!) und soviel wir selbst in eigenster Person zu wünschen übrig lassen: Alles in allem genommen und alle Thoren und alle Weisen, alle Edlen und alle Hallunken, alle Helden und alle Hanswurste mit zwei ehrlichen Armen zusammengefaßt, ist es doch eine liebe Bande, mit der wir durch einen Ursprung und ein Schicksal unlöslich verbunden sind! Und liebtest du in diesen

Augenblicken nicht das Gigerl, das sich über die Bügelfalte seiner Hosen freut, wie den Arbeitslosen, der unter einer unsichtbaren, melancholischen Last dahinschleicht, den »Heldenvater«, der mit dem Blick des fluchenden Lear in den Himmel starrt, wie den Kaufmann mit den diebes- und feuerfest schließenden Lippen, der eben zur Börse geht, um einen großen Posten Feuerwaffen nach China zu verhandeln und der sich zu dieser Feier mit einem moralfesten Zylinder geschmückt hat? Gehst du nicht mit weit geöffnetem, liebendem Herzen durch das Gartenviertel der Stadt, wo die Menschen Sonne, Blumen und Vogel haben, wie durch die schwarzen Arbeiterhöfe der letzten Vorstadt, wo die Kinder bei ihren Abendspielen zuweilen wohl den bleichen Mond, doch nie die tröstlich schöne Sonne sehen – gehst du nicht mit gleich begreifendem Herzen vorüber an donnernden Maschinenhallen und tausendfach bewimpelten Häfen, wo die Arbeit glänzt und klingt gleich einem Feste, wie an den ewig verhangenen totäugigen Palästen des Milliardenviertels, des unzugänglichen Peking, wo der arme, übersatte Reichtum sich selbst anödet und Inzucht treibt? So viel, so viel giebt uns die Großstadt, das mit *einer* Seele zu umspannen und in *ein* Herz zu fassen ist. Kannst du zweifeln, ob die Großstadt uns reicher mache als das ausgedehnteste Rittergut im Kranze meilentiefer Wälder?

Und sehen wir ab von der alles verstehenden Liebe – ist hier nicht Fülle der Schönheit für den Genießenden? Soll ich dich – um nur von den Ländern deutscher Zunge zu reden – an Wien erinnern und an die Ringstraße, diese unbeschreiblich schimmernde Perlenkette am Halse einer Königin? Soll ich dich an München erinnern, das dir zu jeder Maß Bier ein Juwel der Gotik, der Renaissance, des Rokoko, des Barock serviert, ganz nach Belieben!? An Dresden, das einen großen Garten von Bäumen und einen großen Garten von Palästen hat, die sich im Elbstrom spiegeln, aber zu stolz sind, ihres Spiegelbildes zu achten? An Berlin, dessen festliche »Linden«, dessen ganze Friedrichstraße ein Gesicht tragen, als zöge jede Viertelstunde ein großer Friedrich ein nach siebenjährigem Kriege? Oder an unser Hamburg, wo du, vom Hafen heraufkommend, in der Seele noch den Blick in jenseitige Welten, eintrittst in die Vorstadt des schäumenden Vergnügens, die am dunklen Abend von der herrlichen Straßenbahn wie von einer sieben Stunden langen, in allen wunderschönen Farben glühenden und sprühenden Riesenschlange durchzogen wird? Oder wo in später Nacht, wenn der tote Mond durch tote Straßen geht, jahrhundertalte Kaufmannshäuser und Speicher mit seltsamen Profilen in bleiernstille Kanäle hinunterstarren und oben aus den Luken die Winden hervorragen wie lange Prokuristennasen, die nächtlichen Einbruch wittern? Gedenkst du noch, Freund, wie wir siebzehnjährig, achtzehnjährig nächtens so oft durch die eigentümliche Romantik dieser Straßen mit ihren düsteren Kirchen und Patrizierpalästen gewandert sind, aus dem Theater kommend, die Empfängniswonnen von sieben Tragödien und sieben Symphonien in der Brust, und wie wir in jedem schwarzen Schatten, der quer über den Weg lag, einen Dahingestreckten zu sehen vermeinten, einen Mann im schwarzen Domino mit einem Stilett in der Brust? Sage, Freund, können grünere Phantasien und Illusionen wachsen aus Teich und Anger eines vergessenen Dörfchens, als sie uns gediehen unter den drohenden Steinmassen und den dröhnenden Glocken von St. Petri und St. Katharinen? Unsere Jugend war ein Idyll zwischen Steinmauern und Eisenpfeilern, und noch gestern, als ich durch vertraute Straßen heimwärts schlenderte, genoß ich dieses Idyll in seinen verglühtesten Farben und seinen verlorensten Klängen.

Und als ich wieder daheim war und in meinen alten Stuhl und in meinen abendlichen Traum versunken war, da klang wieder die Musik aus dem obersten Stock meines Hauses. Eine alte, vornehme, sanfte Dame spielt dort oben. Es ist Musik, wie sie in alten, hohen, dunklen Patrizierräumen mit langen dunklen Vorhängen in letzter Dämmerung klingt, in Räumen, in denen ein altes hohes Leid, eine große, adelige Schuld umgeht.

Seltsam, wie solche Musik, durch die Mauern und Böden eines Hauses gedämpft, zu unserer innersten Seele spricht. Hast du's je empfunden? Es ist wie redende Erinnerung. Suchst du mit dringendem Blick das Gesicht der Erinnerung, so stammelt sie abgebrochene Laute und verschwindet; aber wenn du die Augen schließest und sie hinter dichten steinernen Schleiern spricht, redet sie willig und lange zu dir. Ich wohnte einst in einem Hause, in dessen Keller sich eine Fuhrmannsschenke mit einer Spieldose befand. In der Nähe war diese Spieldose gewiß so infam wie jede andere ihres Geschlechtes; aber in mein Zimmer hinauf klang sie wie Harfen, die mir das verklungene Lied meines Lebens sangen.

Ich trete auf den Balkon und sehe im Spiegel der Glasthür das gewohnte liebe Bild: ein hingehauchtes, schwebendes Bild von einer ernsten Kirche, einem großen Platz und einem breiten Kanal, und über Platz und Kanal und Kirche eine große Ruhe und eine erhabene Freiheit wie nach einem Tag des Sieges. Sage, Freund, wo auf dem Lande kann ich solch eine Glasthür haben?

Ich setze mich. Hinter der kleinen Säulengallerie auf dem Dache des gegenüberliegenden Hauses steht am hellen Himmel der Mond, blaß, tiefäugig und in sich gekehrt wie ein unbeachteter Poet. Unsere Blicke verketten sich, und ich höre das ewige Brausen der großen Stadt.

Es ist eines Stromes Brausen.

Ihr kleingläubigen Menschen, die ihr euch verlassen wähnt, wenn das Leben weitergeht, die ihr so unnötig jammert und klagt, wenn das fröhlich kreisende Leben fröhlich gebiert, die ihr Angst, Beklemmung, Tod und Untergang fühlt, während die erfindungsreiche Menschenseele Neues ersinnt, Neues bildet. Neues genießt und aber Neues ahnt! Ist denn Kultur nicht auch Wille der Natur? Sind wir denn nicht Natur und könnten wir etwas gegen ihren Willen? Fürchtet ihr wirklich, der Natur könnten die Ideen ausgehen, wenn sie so rastlos weiterproduziert? Meint ihr, daß sie für Glück nicht freieres Glück hätte, für Frieden nicht tieferen Frieden, für Treue nicht echtere Treue, für Reinheit nicht lichtere Reinheit? Überallhin bringt das Menschenherz seine Poesie, der Menschengeist seine heitere, trauliche Flamme mit. Auch im Wirbel des Großstadtlebens ist Ruhe und Schönheit, Reinheit und Friede, Glück des Besitzes und der Hoffnung.

Ihr habt den ganzen Tag das Rauschen der Großstadt im Ohre und hört es nicht. Schließt einen Augenblick die Augen und thut die Ohren auf. Hört ihr's nun?

Es ist eines Stromes Brausen. Es ist kein sinnloser Wirbel und Schwall: es ist ein rastloses Vorwärts, ein unterbrochener Drang ins Weite. Er trägt uns von dannen und trägt uns einst ins Meer. Ins freie Meer.

Der Pudding

Was ist ein Pudding?

Das Lexikon sagt:»Eine Mehlspeise aus Mehl, Eiern und Butter.«

Unsinn. Ein Pudding ist ganz was anderes. Ich will versuchen, darzustellen, was ein Pudding ist, wenigstens eine annähernde Vorstellung zu geben von dem, was ein Pudding ist.

Es hat damit folgende Bewandtnis:

Eines Tages, so um zwölf Uhr, wenn ich in meinem Arbeitszimmer, tief in meinem Stuhle sitzend, auf den Bergen meiner Träume wandle, wo die Freiheit ist; wenn der »Zutritt Unbefugten strengstens untersagt« ist – und Befugte giebt es in diesem Bezirke nicht – dann wird mit stürmischer Gewalt die Thür aufgestoßen, daß sie gegen die Wand schlägt, ein Purzelchen mit krallblauen Augen springt mit beiden Füßchen zugleich herein, ruft mit der schönen Dreistigkeit des dritten Lebensjahres in meine Weltentrücktheit hinein:

»Du – heute diebt es Puddich!« und ist wieder weg. Die Thür läßt sie natürlich offen.

Also heute giebt es Pudding. Das stößt allerdings die Dispositionen des Tages um. Ich wollte eigentlich heute den Grund zur modernen Tragödie legen oder auch einige sehr neue und aufhellende Gedanken über das Verhältnis der Erscheinung zum Ding an sich formulieren; aber da es Pudding giebt, muß ich in die Küche. Das ist ein unumstößlicher Brauch, dessen Bruch so absurd erscheinen würde wie etwa der Einfall, bei meinem eigenen Begräbnis fehlen zu wollen. Die Bereitung eines Puddings ist nach dem Gefühle meiner Kinder eine Handlung, der auch das Familienoberhaupt durch Anwesenheit seine Achtung zu bezeigen hat. Ich gestehe, daß ich diesen Zoll der Pietät mit Freuden bringe. Einmal habe ich eine aufrichtige Achtung vor einem guten Pudding; ich hoffe noch Gelegenheit zu finden, mich wegen dieses Geschmackes zu rechtfertigen. Sodann habe ich aber eine noch viel, viel größere Achtung vor der Freude eines Menschen, besonders eines Kindes, und ganz besonders von fünf Kindern.

Am Tage des Puddings werden in der kleinen Küche nicht nur diese fünf Kinder, sondern sogar der Gatte geduldet. Die Mama, die sonst die Topfguckerei nicht liebt – was ihr jeder Künstler nachempfinden kann – sie erweitert, von der feierlichen Größe dieses Tages gehoben, ihre unendliche Geduld auf das Dreifache der Unendlichkeit. Daß dieser Aufwand nötig ist, das wird jeder zugeben, der da weiß, daß Kinder nicht nur sehen wollen, wie die für den Pudding bestimmten Mandeln enthäutet werden, sondern daß jedes der fünf genau sehen will, wie jede der Mandeln enthäutet wird, daß sie nicht nur sehen wollen, wie Eiweiß zu Schneemus geschlagen wird, sondern daß sie jedes Stadium der Entwicklung mit sämtlichen Übergängen eingehend beobachten wollen – und sich somit – diejenige der Mutter eingerechnet – gleichzeitig sechs Nasen über der Kasserole befinden.

Es thut mir leid; aber ich muß hier ausholen zu einer »theoretischen Erörterung«. Ich sehe nämlich aus den Gesichtern einiger Leser ein sublimes Staunen darüber, daß man einem Pudding ein solch angespanntes Interesse entgegenbringen kann. Diese Leser gehören – mit Erlaubnis – (ich nenne ja keine Namen!) – zu jenen nicht seltenen Mündigkeitspharisäern, die ihre eigene Kindheit vergessen haben. Ich erkläre es geradezu für eine der allerkonstantesten Naturerscheinungen, daß Kinder zu solchen Dingen wie Chokolade, Marzipan, Pralinees, Puddings, Apfelstrudeln, Schlagsahne und Limonaden eine unvergleichlich größere Zuneigung haben – ich sage nicht: als zu ihren Schulaufgaben; wir wollen uns nicht mit Selbstverständlichkeiten aufhalten – aber als zu solchen Genüssen wie Paprikaschnitzeln, Gulasch, Rollmöpsen, Mixed Pickles, Grätzer Bier und Doppelkümmel. Und allerdings ist nun die mit den Jahren der Reife anhebende Entwicklung von der Zuckerstange zur Salzstange, von der Mandelmilch zum Grog von Arrak eine ebenso regelmäßige Erscheinung. Aber ich vermag in solcher Entwicklung durchaus keinen Grund zu erkennen für einen Hochmut, der fast an das Selbstbewußtsein eines Menschen mit modernem Geschmack erinnert, der alle diejenigen verachtet, die sich nach fünfstündiger Wanderung auf einen Stuhl niederlassen, der kein Empirestuhl ist. Um so weniger soll man sich auf seine Geschmackswarzen-Gewöhnung etwas einbilden, als – wie wiederum eine unzweifelhafte Erfahrung lehrt – in späteren Jahren gewöhnlich eine Rückentwicklung zur Zuckerstangen- und Marzipanweis', zu jener auch von Fritz Reuter betonten »Süßmäuligkeit« der Greise eintritt und sich also – entsprechend dem Parallelismus in der Entwicklung der Einzelseele und der Weltseele – schon in den Grenzen eines Lebens jener Kreislauf der Erscheinungen vollzieht, der dem Kulturhistoriker das Material und den Anlaß zu einer »Geschichte des Geschmacks« giebt. Wir leiden alle – ein so vortreffliches Holz das Mahagoni ist – unter der intoleranten, zelotischen Mahagonie gewisser Kunstgewerbler; die Orthodoxie des Salzstangentums ist aber kaum weniger abgeschmackt. Die überlegenen universalen Persönlichkeiten haben sich auch immer darin bekundet, daß sie den Manieren und Moden ihrer Zeit nicht mit Hochmut nachliefen und diese ununterbrochene Beschäftigung als ununterbrochenen Fortschritt auffaßten, sondern das Echte, Starke und Schöne aus allen Perioden der Welt und ihres eigenen Lebens (die gegenwärtige eingeschlossen) erkannten, liebten und genossen. Und darin immerhin glaube ich Vorbild zu sein, daß ich Grog und Cuba-Importen vertrage und schätze und mir gleichwohl eine schöne, kindliche Unbefangenheit bewahrt habe gegenüber der Schlagsahne und dem Rosinenpudding. Seien wir wenigstens hierin Renaissancemenschen:

Ad vocem Rosinenpudding. Die Bereitung dieses Meisterstückes der Kochkunst ist auch darum für die ausführende Künstlerin mit starken Schwierigkeiten verknüpft, weil sie fortgesetzt unter dem fühlbaren Druck einer die umgebende Luft erfüllenden Spannung arbeiten muß. Die Anziehung zwischen den Rosinen und Mandeln einerseits und den Mäulern andrerseits wächst von Sekunde zu Sekunde; positiver und negativer Pol nähern sich einander immer bedenklicher, und jeden Augenblick kann an irgend einer Zungenspitze eine Entladung stattfinden. Die Kleinen bekommen nämlich ihren Zoll von den Rosinen, den Mandeln, dem Zitronat und allen sonstigen im rohen Zustande genießbaren Ingredienzien. Es ist sehr wohl möglich, daß ohne diesen Umstand das Interesse der Corona minder stark wäre. Auch wir Erwachsenen pflegen ja an solchen Handlungen ein erhöhtes Interesse zu nehmen, bei denen etwas für uns abfällt. Ich weiß, meine Herrschaften, ich weiß. Sie ist unpädagogisch, diese Vorwegnäscherei. Ich hoffe, Sie dadurch zu befriedigen, daß ich Ihnen darin sofort recht gebe, Ihnen erkläre, daß Sie mir aus der Seele sprechen und daß Ihr Standpunkt der meine sei, voll und ganz. Aber sie eine Stunde lang zuschauen lassen und ihnen kein Bröckchen hinwerfen, das würde uns genau so herzlos erscheinen, wie wenn man vor den Raubtierkäfigen eines zoologischen Gartens ein offenes Schlachthaus errichtete und die schönsten Ochsen vor den Blicken der Tiere zerlegte, oder wie wenn man vor den Augen eines neutralen englischen Kabinetts ein Stück Land aufteilte.

Ich weiß, welche Gefühle die Brust eines Menschen bewegen, welcher der Bereitung irgend eines leckeren Puddings beiwohnt, von dem er zuweilen vorher, zuweilen nachher und zuweilen überhaupt nichts bekommt. Ich bin ein Kenner in solchen Zuschauergefühlen. Ich weiß zum Beispiel mit absoluter Bestimmtheit, daß der Junge in diesem Augenblick, als seine Mutter die 12 Eidotter, die 5 Löffel Zucker, das Pfund Rosinen, die 30 Mandeln und den Zitronat in einem Asch durcheinanderrührt, daß er denkt: »Das so auslöffeln dürfen! Diesen Inbegriff, dieses reinste Wesen des Puddings so allein in sich aufnehmen können!« (Natürlich hat er diese Worte nicht; aber er hat den Begriff.) So wie der Junge denke ich nun nicht; wenigstens könnte ich es nicht ohne Schaudern; aber ich verstehe ihn; denn einst, o Wunder, war auch ich ein Knabe. Daher verstehe ich auch so gut, was das eine von den Mädeln meint, als es angesichts des fertigen Teiges seine Mutter fragt, ob nun wohl eigentlich so dieser Teig auch schon eßbar sei. Sie giebt sich dabei die anerkennenswerteste Mühe, der Frage durchaus ihren rein wissenschaftlichen, rein akademischen Charakter zu wahren, indem sie ein ausschließlich intellektuelles Gesicht macht; aber dank jenem eigentümlichen Blicke, mit dem wir um die Ecke und hinter ein intellektuelles Gesicht zu sehen vermögen, erkennen wir auch sogleich, daß auch dieser theoretischen Frage, wie so vielen anderen, ein praktischer Wunsch zu Grunde liegt, der Wunsch nämlich, das schrecklich zeitraubende Verfahren des Kochens unnötig zu machen.

»Aber Irene!« ruft meine Frau. »Welche Idee! Den rohen Teig wolltest du essen?«

»Ich?! – Nein, Mama, ich ganz gewiß nicht; ich meine nur, ob man ihn essen *kann*, wenn man es *will*; ich *will* es natürlich *nicht*!«

Aber es hilft alles nichts; er muß doch erst auf den Ofen. Sobald er im Topf und der Deckel geschlossen ist, fragt das Kleinste:

»Is er nu ferdig?«

Diese Frage wiederholt es während der nächsten halben Stunde etwa fünfundzwanzigmal, bis es die Geduld verliert, zu weinen und endlich zu strampeln anfängt (»Ich *will* aber Puddich hab'n-n-n-n-n u. s. w.«), in eine Stube für sich kommt, sich ausweint, den Daumen in den Mund steckt, den Kanarienvogel gewahr wird, sich in ein Gespräch mit ihm vertieft und den Pudding vergißt. Vorübergehend wenigstens.

Die andern müssen an die Erledigung ihres Arbeitspensums gehen. Sie thun es mit einem letzten, langen Blick nach dem inhaltschweren Topfe.

Der Pudding, und zwar sowohl der eigentliche, schwerere Pudding, als auch seine leichtere Abart, der Flammeri, ist in rein geistiger Beziehung kein besonders zuträgliches Gericht, so lange er noch nicht gegessen ist. Er zeigt bei lernenden Kindern die Neigung, sich unter die Formeln der Geometrie, unter die Klassen des Linnéschen Systems und sogar unter die deutschen Kaiser zu mischen, und so ist es verständlich und daher verzeihlich, daß mein Junge einmal in der englischen Stunde das Gewieher der ganzen Schulklasse auf sich gezogen hat durch die Konjugation

I am putting
you are putting
he is putting
wir essen Pudding
ihr . . .

Weiter ist er nicht gekommen. Es war einer jener bösen Fälle, die man in der Psychologie als »sich kreuzende Vorstellungsreihen« bezeichnet und die bei den Lernenden mit Recht berüchtigt sind. Daß andererseits der Pudding in spe über manches hinweghelfen kann, zum Beispiel über die Wechselrechnung, über die Kongruenzsätze und selbst über die Geschichte der sächsischen Kaiser, indem er alle diese Dinge in eine gleichmäßig versöhnende und verschönende Stimmung hüllt, das ist nicht zu leugnen; aber eben dies sind Wirkungen, wie sie die Lehrer im allgemeinen nicht wünschen. Dagegen ist die ethische Bedeutung des Puddings über jeden Zweifel erhaben. Er wirkt vortrefflich, wenn man ihn als Lohn für anständiges Verhalten bekommt; er wirkt aber einfach unvergleichlich als Strafmittel, wenn man ihn nicht bekommt.

»Du weißt doch, daß es heute –«

Das genügt vollkommen. Das wirkt zivilisierend wie Ceres im »Eleusischen Fest«. Vorausgesetzt natürlich, daß man im Ernstfalle seine Drohung wahr macht. Andernfalls ist unter »Erziehung« bekanntlich überhaupt eine anhaltende stürmische Heiterkeit zu verstehen, die sich die Kinder auf Kosten der Eltern gestatten. Die öftere Bereitung eines Puddings ist somit schon aus Gründen der moralischen Erziehung zweckmäßig und geboten. Er bändigt Tigernaturen und macht Menschen aus Kindern.

Freilich kann es einem auch geschehen, daß der Spieß umgedreht wird. Wenn ich die Kleinste – sie heißt Lore; aber weil sie sehr rote Wangen, sehr blaue Augen und ein sehr revolutionäres Temperament hat, so nennen wir sie die Tricolore – also wenn ich die Tricolore auf meiner Schulter reiten lasse und nicht ununterbrochen Galopp laufen will, erklärt sie einfach:

»Denn triegst du heut' Mittag tein' Puddich!«

Wenn ich dann aber das nächtliche Klagegeheul eines frierenden Steppenhundes anstimme, nimmt sie ihre Drohung, im Innersten ergriffen, schnell zurück.

Die Stunde rinnt auch durch den rauhsten Tag, und auch der größte Pudding wird einmal gar, trotz aller Kinderreden, die auf den seltsamsten Umwegen immer wieder auf ihn zurückkamen und ihn wohl in seiner Werdestimmung hätten stören können. Die Enthüllungsfeier findet wieder unter ungeheurem Andrang des Publikums statt. Einen Augenblick drückt bangende Erwartung auf die Gemüter.

Wenn der Guß mißlang?
Wenn die Form zersprang?

Aber nein: jubelnder Zuruf begrüßt ihn, der sich »blank und eben aus der Hülle schält« wie ein frisch von der Fabrik gekommenes Kriegerdenkmal!

Dann folgen noch leidige 20 Minuten. Warum die Menschen eigentlich Suppe, Fleisch und Gemüse essen, wenn sie Pudding haben können, das ist unerfindlich. Und diese Erwachsenen scheinen nicht einmal zu heucheln; dergleichen Dinge scheinen ihnen wirklich zu schmecken.

Unsere Kinder haben heute gar keinen Appetit, weder auf Suppe, noch Fleisch, noch Gemüse.

»Kinder, euch allen scheint heute nicht wohl zu sein; ihr solltet lieber keinen Pudding essen.«

Der Politiker wird wissen, was ein Entrüstungs-, Protest- und Petitionssturm ist. Nur ist die Erregung bei ideellen Fragen nie so elementar wie bei materiellen. Die Teller tanzen auf dem Tisch.

Endlich kommt der Moment von einschneidender Bedeutung. Wenn sie Fische wären, würden sie in diesem Augenblick jene schnalzende Bewegung mit dem Schwanze machen, die bei diesen Tieren einen Höhepunkt der Lebensenergie bedeutet. Jedes bekommt sein Pensum vorgelegt, und dann – tritt Schweigen ein.

Schweigen, wie es sonst nur bei großen tragischen, bei den erhabensten und erschütterndsten Wirkungen eintritt.

Auch mein Griffel – für solche Fälle ziemt sich das Vocabulum solemne »Griffel« – soll nicht versuchen, die Gefühle der Kinder zu betreiben. Ich werde mein bißchen litterarischen Ruf nicht aufs Spiel setzen, indem ich Dinge zu schildern unternehme, welche die größten Meister mit kluger Selbstbeschränkung umgehen.

Erst nach einer beträchtlichen Weile löst sich von einem Paar Lippen ein zärtlich gehauchtes

»Mutter, wie schön!«

Und erst ganz allmählich greift eine objektive Betrachtung Platz, die schließlich zu einer vergleichenden Geometrie des Puddings führt, indem man feststellt, wer noch das größere Stück übrig hat, wie viele Rosinen darin sind, welche Figuren diese bilden u. s. w., bis ihnen endlich der Pudding nur noch »eine Mehlspeise aus Mehl,

Eiern und Butter ist« oder philosophisch gesprochen: ein »Ding an sich«.

Aber was ist er ihnen inzwischen gewesen?! Was war er uns?!

Ein Korrektiv unserer schlechten Lehrpläne, ein Zuchtmittel zum Guten, ein goldener Schlüssel zum Kinderherzen, ein Tag voll drolliger Einfälle und Purzelbäume, ein Festtagsglanz in fünf Kinderseelen, zurückgestrahlt in die Herzen zweier Eltern, die sich immer wieder heimlich ins Kinderparadies zurückstehlen, sich dort ganz klein machen und mitthun, bis ein komisch würdevoller Büttel, der sich »Ernst des Lebens« nennt, sie doch entdeckt und mit Geschimpfe wieder hinausjagt.

Ich habe noch nie zu einem Tage des Puddings »diem perdidi« gesagt. Er befestigt immer wieder meine Anschauungen über die Realität der Erscheinung und die Objektivität des Subjektiven. Eine Mehlspeise aus Mehl, Eiern und Butter ist nichts, gar nichts; aber ein Pudding, wie wir ihn verstehen und wie meine Frau ihn macht – ja, das ist was.

Womit beileibe nicht gesagt sein soll, daß Pudding meine Lieblingsspeise wäre. Ich könnte zwanzig, dreißig Gerichte nennen, die ich lieber esse, z. B. Rebhühner mit Savoyerkohl. Aber wenn ich mir einmal etwas besonders Gutes vergönnen will, etwas absonderlich Zartes und Apartes, etwas Ergötzendes, Erfrischendes und Stärkendes, dann nehme ich meine Frau auf die Seite und sage:

»Du, mach' mal wieder 'n Pudding!«

Ein Tag aus dem Leben Appelschnuts

> »Eigentlich heißt sie Euphrosyne;
> Aber ich sage immer ›Rosine‹«

singt Dr. Bartolo, und ebenso ergeht es meinem dreijährigen Töchterchen. Eigentlich heißt sie Roswitha; aber ich sage immer »Appelschnut«. Man darf diesen Namen nicht ins Hochdeutsche übersetzen; »Apfelschnauze« klingt roh, klingt gräßlich; »Schnauze« hat geradezu etwas Berlinerisches. »Schnauzerl«, »Schnäuzchen« käme der Sache schon näher, deckt sie aber nur zum Teil. »Schnut« umfaßt nämlich nicht nur Mund und Nase, sondern so ein ganzes kleines Gesichtchen, das man noch ganz und gar in eine Hand nehmen kann. Ja, zuweilen umfaßt es einen ganzen fünfundzwanzigpfündigen Menschen; wenn er eine geniale Bemerkung macht, sagt man: »Du Klooksnut,« wenn er im Feuerungsverschlag gespielt und Steinkohlen gegessen hat: »Du Swattsnut.« Und da nun Roswitha nicht nur zwei rote Wangen hat, sondern alles in allem genommen ausschaut wie ein rundes, blankes, rot und goldenes, mit wahrer Tollkühnheit zum Einbeißen herausforderndes Früchtlein, das soeben vom Baume des Lebens gepurzelt ist, so hab' ich in einer begnadeten Stunde für das ganze Stück Sein und seine Erscheinungsform den Namen »Appelschnut« gefunden. »Appelschnut« ist unübersetzbar.

Die junge Dame hat es gut; das darf man wohl sagen. Schon im Frührot umstehen ihre Geschwister, bevor sie sich zum Schulgang rüsten, mit nackten Beinchen ihr Bett und bewundern die Anmut ihres Schlummers, die Dicke ihrer Ärmchen, die Blondheit ihres Haares und ihre Kunst, auch im Schlaf noch mit Ausdauer auf dem Daumen zu lutschen. Wenn sie endlich die Augen aufschlägt, begegnet sie gewiß irgend einem Blick, der sie mit Liebe oder Bewunderung anschaut; ein Geschick, das selbst den höchsten Staatsministern und Würdenträgern in dieser Häufigkeit nicht zuteil wird.

»Was ist los?«

»Appelschnut hat was geträumt.«

»Appelschnut hat geträumt? Holla, Appelschnut hat geträumt! Also los, Appelschnut! Erzähl mal! Was war's denn?«

A p p e l s c h n u t : »Also, ich wollte nach Hamburg und da wollte ich Bonbons kaufen. Und da vergangte ich mich, und schließlich kamte ich wieder nachhause.«

Hurra, Appelschnut kam »schließlich« wieder nachhause. »Schließlich«! Was so ein miserables Formwort für eine Wirkung ausüben kann! Einen ganzen vergnügten Morgen kann es machen. Besonders, wenn man bedenkt, daß »Hamburg« eine benachbarte Straße ist, in der ein Bonbonkrämer wohnt.

Appelschnut braucht nur das Mäulchen aufzuthun, und das ausverkaufte Haus ist entzückt. Jedes falsch konjugierte Verb ist ein Erfolg, wie ihn mancher Schriftsteller mit gleichen Mitteln ewig vergeblich erstrebt. Das Unzulängliche, hier wird's Ereignis.

Nicht, daß solch ein Sonnenkäferleben nicht auch seine Schatten hätte! Jeden Morgen tritt auch in dieses Leben die hundertzähnige Pflicht in der für die Pflicht so bezeichnenden Gestalt des Kammes. Und man lächle, bitte, nicht über den Kamm als über etwas Geringfügiges!

Ihr müßt hier mit Proportionen rechnen und bedenken, daß für das Kind ein Kamm genau dasselbe ist, was für uns ein unangenehmer Vorgesetzter mit abgebrochenen und verbogenen Zähnen ist! Die kleinen Leiden sind für die kleinen Kinder, was die großen Leiden für uns große Kinder sind, und oft nähren sie gar in der großen Werdestille ihrer jungen Seele ein Sonnenstäubchen zu einer schwarzen Unheilswolke heran. Eines Tages saß Roswitha auf dem Schoß ihrer Mutter und blinzelte unter ihren Liebkosungen wie ein Kätzchen in der Sonne.

»Du bist meine Zuckerdirn',« sagte die Mutter.

»Jaa,« versetzte Appelschnut mit Überzeugung, und mit treuherzigem Aufblick zur Mutter fügte sie hinzu:»Du schicks mich auch garnich in Paket, nich?«

Meine Frau verstand sie anfangs nicht. Erst allmählich ging ihr ein Licht auf. Mehrere Tage vorher hatte ich aus der Ferne geschrieben:»Schick mir doch die Appelschnut im Paket!« Meine Frau hatte den Kindern aus dem Briefe vorgelesen, und Roswitha hatte sich tagelang mit der Angst getragen, sie würde als Paket auf die Post gebracht werden.

Nachdem Appelschnut heute gekämmt und fertiggeputzt ist, kommt sie in meine Hände. In diesem Stadium gefällt sie mir am wenigsten. Ein frischgekämmtes und frischgebügeltes Kind sieht aus wie ein Kunstwerk, das die Kritik berichtigt und verbessert hat. Aber nach einem halben Stündchen schon fangen die ängstlich nebeneinandergeduckten Härchen wieder an zu leben und stehen leis und behutsam auf, und wenn sie merken, daß der Kamm nicht mehr daherfegt, beginnen sie sogleich wieder ihr leises, lustiges Flimmergespräch mit Luft und Sonne, und die ernsten, strengen Falten der hohen Bügelkunst verschwinden vor den natürlichen Linien des Menschenleibes. Alles genau wie beim Kunstwerk. Womit ich die Existenzberechtigung der Kritik ebenso wenig geleugnet haben will wie die des engen Kammes.

Der heutige Tag gehört meinem Töchterlein Appelschnut. Das kommt daher:

Eines Tages kam sie an meinen Schreibtisch und sprach:

»Pappa, weiß du was? Wir spielen Mutter un Kind zusammen. Du bis das Kind un ich bin die Mutter. Un denn muß du immer tüchtig ungezogen sein und denn bekomms du Schläge, aber nur aus Spaß, mein ich! O ja – nich?«

»Ich kann aber jetzt nicht mit dir spielen.«

»Worum nich?«

»Weil ich arbeiten muß.«

»Worum muß du arbeiten?«

Da ich nicht hoffen durfte, ihr den Schöpferdrang eines Dichterherzens klarzumachen, so ergriff ich die Gelegenheit zu einer ökonomischen Aufklärung und sagte:

»Weil ich Geld verdienen muß.«

»Worum muß du denn Geld verdienen?«

»Weil ich für euch was zu essen kaufen muß.«

»Mamma *hat* was zu essen!« ruft sie mit der Kraft eines befreienden Gedankens. »In'n Küchenschrank! 'n ganze Masse!«

Das ist eines jener Argumente, die unwiderleglich sind. Die Dreijährigen haben's überall in der Welt so leicht, recht zu behalten. Und das hat man nun davon: Da rackert man sich unaufhörlich, um sieben »tägliche Brote« zu schaffen, und den Ruhm der Ernährerin trägt die »Mamma« davon.

Nach einer höchst bedenklichen Pause nahm Appelschnut das Gespräch wieder auf.

»Pappa, wann muß du mal garnich, garnich, garnich mehr arbei'n!«

»Ja, *das* weiß ich nicht. Was willst du denn, wenn ich nicht mehr arbeite?«

»Denn will ich mal 'n *ganzen* Tag mit dir spiel'n!«

Der freudige Glanz aus ihren Augen überlief mir so schmeichlerisch das Herz, daß ich ihr versprach, ich wolle bald einmal einen ganzen Tag mit ihr spielen. Selbstverständlich wurde ich am andern Morgen um 5 Uhr durch eine Bearbeitung meines Bartes und meiner Nase aus dem Schlaf geweckt. Appelschnut stand an meinem Bett und fragte.

»Wills du *heute* mit mir spiel'n?«

»Nein, heute noch nicht.«

»Wann denn?«

»Bald.«

»Morgen?«

»'mal seh'n. Vielleicht.«

»O Mamma, Pappa will fürleich morgen mit mir spieln!!«

Ans diese Weise wurde auch »Mamma« geweckt.

Appelschnut bewährte sich außerordentlich als Erzieher zum Worthalten. Freilich hätt' ich unter allen Umständen mein Versprechen erfüllt. Denn ich bin gewöhnlich ein Freund vom Worthalten, bin es aber besonders Kindern gegenüber, und das kommt daher, daß mir einmal eine liebe schöne Dame eine kleine Geschichte erzählt hat. Als die liebe schöne Dame noch ein kleines dünnes Mädel war, kam eines Tages in ihr sehr bescheidenes Elternhaus ein ganz berühmter und reicher Onkel. Ach war das ein Mann und war das ein Fest! So freundlich war er zu allen und so spaßig und war doch ein so berühmter Mann, und das kleine Mädel nahm er auf den Schoß und sagte zu ihm:»Wenn ich wiederkomme, mein Kind, dann kriegst du eine Puppe, wie du sie noch nicht gesehen hast!« Und dann verschwand der Onkel wie ein Komet und ließ einen sieben Wochen langen Schweif von Glanz und Erinnerungen hinter sich zurück. Es dauerte aber viel länger als sieben Wochen, bis der Komet wiederkam, und da kann sich jedermann denken, wie die Puppe in der Zwischenzeit wuchs und sich veränderte! Immer größer wurde sie, und die Arme und Beine wurden beweglich, und die Augen konnte sie schließen, ordentlich als wenn sie schliefe, und eines Tages fing sie mit einem Male laut an zu schreien, und wenn man genau hinhorchte, dann sagte sie»Mama! Mama!« Und nach einem Jahr konnte sie gehen und sprechen und essen und mochte keine Milchsuppe und unterschied sich in gar nichts mehr von einem gewöhnlichen Menschen; es war ja doch eine Puppe, wie man sie noch nie gesehen hatte! Und Kleider hatte sie – na! Ordentlich zum Aus- und Anziehen! Hemdchen und Höschen mit Spitzen! Einen seidenen Unterrock, der richtig»Frou Frou« machte! Und das Kleid nach der neuesten Mode, mit Schneppentaille und mit weiten Ärmeln und mit Volants! Und endlich, endlich eines Tages erschien der Onkel wieder am Himmel.»Guten Tag« konnte das kleine Mädchen gar nicht sagen; ihm stak etwas im Halse, und nur die strahlenden Augen grüßten den Onkel. Der reiche und berühmte Onkel war diesmal wieder sehr freundlich, aber auch sehr eilig; das kleine Mädel dachte immer: wo mag er nur die Puppe haben; für die Rocktasche ist sie doch zu groß! – es war aber zu wohlerzogen, um von der Puppe anzufangen. Da trat der Onkel auf sie zu (jetzt kommt's, dachte das kleine Mädel), klopfte ihr leichthin die Bäckchen, als habe er sie noch nie auf dem Schoße gehabt, und dann sagte er»Adieu« und war weg. Und dem kleinen Mädel war, als habe sie der Onkel gerade aufs Herz geschlagen, so daß es gar nicht mehr klopfen konnte. Ja, aber glaubt denn so ein kleines Mädel, daß so ein großer Onkel an nichts Besseres zu denken hat als an Puppen?! Dem gehen Kreditaktien und Marmorbrüche und italienische Gesandte im Kopf herum, aber Puppen –? Und die liebe schöne Dame, so groß und schön sie war, hat die verlorne Puppe niemals ganz verwunden. Und ich hab es ihr damals gleich gesagt und ich sag es noch heute: Wenn mir der reiche und berühmte Onkel einmal in den Lauf kommt, dann geht es ihm eine Viertelstunde lang hundeschlecht.

Es ist Winterszeit; draußen steht blendendes Schneelicht und umschließt wie eine Mauer die einsame Welt. Bis ins Innerste der Wohnungen glänzt der bläulich silberne Himmelsfrieden. Wir beginnen das Divertissement mit Puppen und Mutter und Kind spielen, dem A und O der Mädchenspiele. Mama Roswitha hat heute drei Kinder: Ursula, Hedwig und mich. Meine Schwestern Ursula und Hedwig sind Puppen; aber ich habe Grund zu dem eifersüchtigen Gedanken, daß sie dem Herzen Appelschnuts mindestens so nahe stehen wie ich. Besonders erregt Ursula meinen Neid, obendrein ein gänzlich abgenutztes Kind, das bei jeder Bewegung Sägespäne verliert und Backen hat, so rissig wie ein altes Nashornfell. Sie wird mir vorgezogen, darauf möchte ich wetten; sie hat freilich auch viel öfter mit ihrer Mama gespielt als ich, und daher mag's kommen. Und nun stellt gefälligst mal einen Professor vor Appelschnut hin und laßt ihn erklären: »Liebes Kind, die Puppe ist nur das Bild eines Menschen, nicht aber ein wirklicher Mensch!« – was, glaubt ihr, würde Appelschnut erwidern, wenn sie ihn überhaupt verstünde? Sie würde lachen und sagen: »Ursula ist gerade so gut ein Mensch wie du.« Als unser Junge noch ein Baby war, hatte er eine Puppe, die den für einfache Zungenverhältnisse passenden Namen »Dadda« trug, und diese Puppe hatte eines Tags aus irgend einem Grunde keinen Hinterkopf mehr. Als meine Frau nun den ganzen Kopf entfernen sollte, da zeigte sich, daß er so fest auf dem Rumpfe saß wie der Kopf eines Millionendiebes in einem modernen Kulturstaat. Sie ergriff daher einen Hammer und zertrümmerte den Kopf, um ihn stückweise zu entfernen. Aber sie hatte nicht bemerkt, daß unser männliches Baby sie beobachtete, und als der Hammer auf Daddas Kopf niederfuhr, stieß der Junge einen so durchdringenden Schrei aus, daß wir tief erschraken. Wie aus der Brust eines Erwachsenen, so schmerzlich hatte es geklungen. Meine arme Frau hatte nichtsahnend ein beseeltes Wesen erschlagen. Denn Dadda hatte eine Seele gehabt, das fühlten wir nun, eine treue Seele, die durch das große Loch im Hinterkopfe nicht entwichen war.

Sehr merkwürdig ist es nun, daß die erste Thätigkeit, welche Appelschnut an ihren Kindern vornimmt, darin besteht, daß sie sie kämmt, wie denn ja das in der That ein erhabener Gedanke der ausgleichenden Gerechtigkeit ist, daß auch die unangenehmsten Prozeduren zum Vergnügen werden, wenn man sie an andern ausübt. Und wie indigniert die kleine Mama thut, daß »so große Mädchen« wie Ursula und Hedwig sich schreiend gegen die Toilette sträuben! Noch merkwürdiger aber ist es, daß, als ich nun darankomme und mich artig kämmen lasse und mir einbilde, mir dadurch bei der strengen Mama einen weißen Fuß zu machen, die Mama erst ernstlich unzufrieden wird.

»Ach nein, Pappa, pfui, du muß auch schrein!« ruft sie enttäuscht und entrüstet.

Ich heule also wie ein Torpedoboot und bemerke deutlich, daß selbst so brave Kinder wie Appelschnut die Ungezogenheit unvergleichlich interessanter finden als die Wohlerzogenheit. Das beobachtet man auch, wenn die Kinder Schule spielen. Eine Weile geht das Spiel in korrekten Formen dahin; dann wird ein beweglicher Geist unter den Schülern unverschämt, die Klasse geht sofort zur Meuterei über; die Lehrerin notiert einen »Tadel« nach dem andern; der Lehrer prügelt wie ein Drescherquartett, und die Pädagogik hat begonnen, interessant zu werden.

Da Appelschnut inzwischen Lust bekommen hat, einen Besuch zu machen, so muß ich die für diesen Zweck erforderliche Tante abgeben.

»O ja, Pappa, nich?? Du muß mal aus Spaß die Tante sein!«

»Aus Spaß« ist der Gegensatz von »wirklich«; die ganze Welt zerfällt für sie in eine Welt der Wirklichkeit und eine Welt »aus Spaß«.

»O, un hier muß aus Spaß dein Haus sein, nich??«

Sie führt mich in einen Winkel, wo ich zwischen einem Schrank und einem Ofen niederkauern muß. Nachdem sie sodann in ihrem Puppenwagen ihren Töchtern ein Bett gemacht und die Kissen so kunstgerecht ausgeschüttelt und geklopft hat, als hätte sie seit zwanzig Jahren nichts anderes gethan, und nachdem sie sich ein buntes Stück Zeug, das »aus Spaß« ein Hut ist, auf den Kopf gelegt hat, macht sie sich mit ihren Kindern auf den Weg zur Tante.

»Lingelingeling!« ruft sie, als sie nahe vor mir steht. Das ist die Thürglocke.

»Ah, guten Tag –« ruf ich, werde aber sofort unterbrochen.

»Nein, du muß erst »Schließ!« sagen.« Das Wort »Schließ« markiert das Thüraufmachen. Ich sage also »Schließ«, und sie tritt ein.

»Guten Tag.«

»Ah, sieh da, guten Tag Frau Appelschnut –«

»Ach nein, ich bin doch Frau Schmidt!«

»Ach ja richtig, Frau Schmidt, das ist aber hübsch von Ihnen, daß Sie mich besuchen.«

»Ja.«

»Und das sind wohl Ihre Kinderchen? Die sind aber niedlich!«

»Ja. – Ich krieg noch 'n Baby, wenn mein Geburtstag is.«

»So! – Aber nehmen Sie doch, bitte, Platz, Frau Schmidt!«

»Ja.« Sie läßt sich auf ein Stühlchen nieder mit der Miene einer Dame, die sich auf acht Tassen Kaffee einrichtet. Dann aber »fliegt ein Engel durchs Zimmer«; die kleine Frau Schmidt ist noch nicht so weit fortgeschritten, um mit dem Wetter anzufangen. Endlich weiß sie was.

»Was wollen Sie heute kochen?« fragt sie.

»Bohnen mit Speck,« sage ich.

»Das mag ich nicht. Ich koch heute Pudding.«

»So!«

»Ja. – – Nu muß ich wieder nach Hause.«

Frau Schmidt alias Appelschnut alias Roswitha geht also heim und begiebt sich an ihre häuslichen Geschäfte. Wer muß das erforderliche Dienstmädchen spielen? Natürlich ich, die grande utilité an diesem Theater.

»Amanda, nehmen Sie den Korb; Sie müssen was zum Mittagessen einholen.«

»Jawohl, Frau Appelschnut!«

»Ich *heiß* doch nicht Appelschnut, ich heiß doch Frau *Schmidt!!*«

»Ach ja, richtig! Was soll ich denn holen, Frau Schmidt?«

»Zucker.«

»Wieviel?«

»Für swanzig Mark.«

»Ist das nicht etwas viel?«

»Na ja, für'n Fennig!«

»Ist das nicht etwas wenig?«

»Vater, sag mal, wieviel!«

»Ich heiß doch nicht ›Vater‹, ich heiß doch ›Amanda‹!«

»Ach Vaa–te–r – –!!!«

»Na ja: also für 50 Pfennige.«

»Ja.«

»Und was soll ich sonst noch holen?«

»Bonbons.«

»Wieviel?«

»Für tausend Bijonen Mark.«

Frau Schmidt hat nämlich vier Zahlvorstellungen: Eins, zwei, drei und »tausend Billionen.« Sie gebraucht zwar auch andere Zahlen; aber bei denen denkt sie sich nichts. Wenn sie ein größeres Quantum bezeichnen will, so sagt sie »tausend Bijonen«. Das ist das liebe, ewige Märchen »Selige Kindheit« oder »Mit drei Schritten in der Unendlichkeit.« Frau Schmidt läßt aber mit sich handeln.

»Für tausend Billionen Mark Bonbons ist zu viel. Da kriegen Sie Leibschmerzen, Frau Schmidt.«

»Für wieviel denn?«

»Für fünf Pfennige.«

»O ja!!«

»Was soll ich sonst noch holen?«

»Mehr nich.«

Das heutige Diner umfaßt also Zucker und Bonbons. Angenehme Aussichten.

In diesem Augenblick zerflattert Roswithas hausfrauliches Phantasiespiel in nichts; denn ein großer, blankpolierter Gegenstand ist ihr ins Auge gefallen und hat für den Augenblick die Interessen der Mutter und Hausfrau verdrängt. Es ist die »Bimm-Kommode«.

Wer die kindliche Etymologie weniger oft studiert hat als ich, ist sich im ersten Augenblick vielleicht nicht ganz klar über die Bedeutung des Wortes »Bimm-Kommode«. Als der schon einmal erwähnte männliche Erbe meines Namens noch im Baby-Röckchen am Fenster zu sitzen pflegte und von den Dingen der Welt mit dem Staunen der mehr und mehr erwachenden Seele Kenntnis nahm, da sah er eines Abends in der Dämmerung einen Mann daherkommen, der ein kleines Licht auf einer Stange trug, und der Mann steckte das kleine Licht einen Augenblick in eine Lampe hinein, die auf einem eisernen Pfahl stand, und mit einem Male brannte die Lampe ganz hell! Das ist der *Lichtmann*, sagte sich Erasmus. Und eines anderen Tages kam ein großer, blitzender Ring dahergelaufen und ein kleinerer dahinter, und oben saß ein Mann, der mit den Beinen strampelte. Das ist ein *Ringroller*, dachte der kleine Weltreisende, und was er dachte, sagte er auch. Und einmal kam ein Wagen mit zwei Pferden daher, und auf dem einen Pferde saß ein Mann, der hatte einen Stock in der Hand, und an dem Stock war eine Schnur, und wenn der Mann mit dem Stock in die Luft hieb, dann knallte es! Ein *Knallstock*, sagte Erasmus. Und so rief Appelschnut eines Tages, als sie einen Star in den Starkasten schlüpfen sah. O tuck mal, Mamma, der süße kleine Vogel is in sein *Vogelstall* gegingt – gegangt – gegungt!« und als sie eines Tages eine Kommode sah, die, wenn man sie aufmachte, eine Menge weißer und schwarzer Zähne zeigte und »Bimm – bimm« machte, wenn man ihr auf die Zähne schlug, da taufte sie das Klavier mit feierlichem Entzücken auf den Namen »Bimm-Kommode«.

Appelschnut will also musizieren. Ich lege die Nibelungen-Tetralogie auf den Klavierstuhl und setze sie oben drauf. Sie schlägt ein Dutzendmal dieselbe Taste an und bemerkt, das sei »O Tannenbaum«. Dann erklärt sie, das Lied vom »Hänschen klein«

spielen zu wollen – es bewegt sich genau innerhalb desselben Tonumfangs. Ich mache sie darauf aufmerksam, daß auch die schwarzen Dinger Musik von sich geben. Sie spielt jetzt sehr chromatische Sachen. Allmählich kommt sie dahinter, daß es noch mehr Spaß macht, wenn man die ganze Hand, und noch mehr, wenn man beide Hände nimmt und damit so viele Zähne niederschlägt, wie möglich. Aber sie fühlt, daß an dem Vergnügen noch etwas fehle, und jetzt fällt's ihr ein: Die Noten!

»Pappa, nu muß ich auch dabei lesen, nich?«

»Ja, richtig! Das ist ja die Hauptsache!«

Ich hole den dritten Band von Beethovens Sonaten her und schlage ihn auf: Op. 106, Sonate für Hammerklavier. Also los.

Im Notenlesen beschämt sie den gewiegtesten Partiturenleser. Immer nach drei Schlägen aufs Klavier schlägt sie um.

»Pappa, nu muß du auch sing'n!«

Wenn man bedenkt, daß das gereizte Talent des Kanarienvogels sich schon seit zehn Minuten in einem wahnwitzigen Geschmetter Luft macht, so wird man begreifen, daß hier die Vaterliebe ihre Grenze findet. Ich weiß, was sie auf andere Gedanken bringt.

»Appelschnut, wollen wir Bilder besehen?«

Im selben Augenblick rutscht sie mitsamt der Tetralogie vom Stuhl und etabliert sich auf dem Fußboden.

Bilder müssen genossen werden, indem man bäuchlings auf dem Fußboden liegt und beide Backen in beide Hände legt. So verlangt es Appelschnut auch von mir. Ein großes, transatlantisches Dampfschiff erregt zunächst ihre Bewunderung.

»O Pappa, kuck mal, was 'n großes Schiff! Das fährt ganz weit bis nach Berlin, nich?«

»Ja, noch weiter sogar!«

»Oha! Da möcht ich auch 'mal mitfahr'n!«

»Das glaub ich.«

»Weiß du noch, Pappa, einmal, da fahrten . . . fuhrten wir auch in Schiff, weiß noch?«

»Na natürlich, wie sollt ich denn das nicht wissen!«

»Da war so 'ne ganz, ganz große Elbe!« Sie meint die Ostsee. Meere, Ströme, Bäche und Regentümpel faßt sie zusammen unter dem Namen »Elbe«.

»O, eine lektersche Bahn (elektrische Bahn)!« ruft sie bei einem neuen Bilde aus. Es stellt das antike Theater zu Segesta dar. Ihr Bruder hat nämlich eine Eisenbahn mit einem kreisförmigen Schienenweg, und die konzentrischen Sitzreihen des Amphitheaters hält sie für solche Schienen. Noch überraschender ist es, daß sie bei einer Abbildung des Parthenons zu Athen ausruft:

»O Pappa, gerade wie in ßuggologischen Garten, nich?«

»Im zoologischen Garten? Warum?«

»Ja, bei den Löwe sein Bauer, weiß noch?«

Heiliger Parthenon! Deine erhabenen Säulen hält sie für die Gitterstäbe eines Löwenkäfigs. Für die Antike ist sie noch nicht reif. Gehen wir zu anderem über. Da ist ein Blatt mit wunderschön gemalten Erdbeeren, Himbeeren, Stachelbeeren &c. &c.

»Pappa, das sind doch keine wirklichen Stachelbeeren, nich? Das sind doch bloß ausspaßige, nich?«

»Ja, das sind bloß ausspaßige.«

»Junge, ich möcht', das wär'n wirkliche!« Dies Zeichen, wie man sieht, wirkt anders auf sie ein. Auch auf einer Tafel mit Tierbildern weiß sie gut Bescheid.

»O, ein Löwe! – ein Affe! – ein Bär! – Pappa, was is das?«

»Ein Rhinoceros.« – Ich beschließe, mir einen Extragenuß zu verschaffen und frage: »*Wie* heißt das Tier?«

»Ein Cirocenos!«

»Richtig!« Ist das nicht ein Ohrenschmaus? Als sie zwei Jahre alt war, sagte sie statt »Elefant« – »Hameninth.« Ihr schlummerndes Ohr hatte nur den Rhythmus bewahrt, hatte nur behalten, daß der Elefant ein anapästisches Tier ist – das übrige machte sie selbst, wie es einem braven Poetenkinde ziemt.

»O, der böse Wolf!« ruft sie plötzlich. »Will er jetz nach die Großmutter?«

»Ich weiß nicht. Ich glaub's wohl.«

»Du böser Wolf,« ruft sie und prügelt mit ihrem Händchen den Räuber in effigie gehörig durch, »du *solls* nich das süße Rotkäpschen auffressen!«

Bei einer Abbildung der deutschen Reichskleinodien zeigt sie auf die Krone und fragt: »Was is das?«

»Das ist die Krone, die trägt der Kaiser auf dem Kopf.«

»M!«

»Sieh nur, da sind eine Menge Edelsteine darin.«

»M! – Die bekommen die Kinder, nich?«

»Die Kinder?«

»Ja, du weißt doch: der Vater soll ihnen doch Edelsteine mitbringen!«

»Der Vater? Welcher Vater?«

»Der *Vater!!* – Die Kinder sind doch so ungeschämt un wollen Edelsteine haben; aber Aschenputtel wollte bloß 'n »Zweig von ihrer Mutter Grab« haben!«

»Aaah – Aschenputtel! Jawohl! Verzeihung, Prinzessin Appelschnut; ich vergaß, daß Sie im Märchenlande wohnen.«

Die Menschen teilt Appelschnut mit feinem Instinkt in »Menschen« und »Kinder« ein. Die »Menschen« zerfallen wiederum in »Frauen« und »Onkel«.

»Wie heiß der Onkel?«

»Das ist Onkel Beethoven.«

»Un *der* Onkel?«

»Onkel Waldersee.«

»Un *der* Onkel?«

»Onkel –« ja . . . darf man den Mann eigentlich Onkel nennen? . . .
Sei's drum: Die Sonne dieser Kinderstunde soll scheinen über Gerechte und Ungerechte; also los denn: »Onkel Caracalla.«

Nachdem sie bei einer belvederischen Apollobüste bezeichnender
Weise gefragt hat: »Wie heiß die Frau?« wird ihre Aufmerksamkeit
durch einen Raben abgelenkt, der draußen mit lautem Schrei durch
die winterstille Luft fliegt.

»Der Rabe rabt!« spricht sie mit andächtigem Blick.

So hör ich aus ihrem Mündchen einen Gruß aus dem Kindheitsalter der Menschheit, da die Sprache geboren ward, und fühle vor
ihren rosigen Lippen voll Andacht den lautlosen Atem der Jahrtausende.

Sie blickt noch immer nach draußen und sagt plötzlich:

»In der Quickbornstraße war es viel schöner als hier.«

In der Quickbornstraße wohnten wir ehemals.

»Warum?« frage ich.

»Da war so'n schönes Gitter.«

Ein schönes Gartengitter hat sie damals glücklich gemacht, und
keine Seele hat es geahnt. Um dieses Gitter haben sich unbekannte
Träume gerankt, frühe, frühe Blumen eines Kinderherzens, die ihre
Köpfchen bis zu den goldenen Spitzen des Gitters hoben und hinüberschauten. Hinter diesem Gitter hat vielleicht das Paradies gelegen, das sie nicht wiederfinden wird, wenn sie einmal an die alte
Stätte kommt, das sie suchen wird ihr Leben lang wie wir andern
alle.

»Jetz is doch Winter nich?« fragt sie.

»Ja, jetzt ist Winter.«

»Nach Winter kommt Frühling,« erklärt sie mit weisem Gesicht.
»Pappa, wann kommt eigenlich Frühling?«

»Bald.«

»Morgen?«

»Nein, morgen noch nicht.«

»Wann denn?«

»Nach sieben Wochen.«

»Is jetz sieben Wochen?«

»Nein, jetzt muß erst Sonntag werden, und dann nochmal Sonntag, und dann nochmal, und dann nochmal, und dann nochmal, und dann nochmal, und dann nochmal, und dann ist Frühling!«

»O ja!« Sie freut sich, als wenn sie ihn schon in der Hand hätte. Und auf dem Boden liegend, die Wangen in die Hände gedrückt, beginnt sie eine aus Reminiszenz und eigener Dichtung gemischte Litanei zu singen:

> »Jetz kommt der schöne Frühling,
> Dann scheint die liebe Sonne so schön,
> Und dann singen die Vögelchenlein,
> Und dann spiel'n wir wieder in Garten,
> Und dann giebt Rudi mir wieder seine Schaufel,
> Und dann graben wir wieder in Garten . . .«

Es ist ein Kinderlied nach unendlicher Melodie, die aber jäh abgerissen wird durch die Sensationsnachricht, daß der Tisch gedeckt sei.

»Aah – mein gnädiges Fräulein, darf ich die Ehre haben?« Ich reiche ihr herablassend den Arm, sie hakt ein und hüpft an meiner Seite zu Tisch wie der Hase in den Kohl.

Als die Suppe auf den Tisch kommt, ruft sie mit leuchtenden Augen: »Ei, Kerbelsuppe, das is mein Liebstes!« Es ist ein Glück, daß sie diese Erklärung ungefähr bei jeder Speise abgiebt. Selten nur erklärt sie beim Anblick einer Speise, daß sie »solche Leibschmerzen« habe. Wenn meine Frau ihr dann die Speise fortnimmt und sagt: »Dann kannst du ja heute auch kein Obst essen,« so versichert sie strahlenden Angesichts: »Jaaa, Mamma, für Obs hab ich kein Leibweh!«

Daß man ihre kleinen Schwindeleien nicht durchschaue, diese naive Meinung, die uns an den Erwachsenen so sehr entzückt, findet man oft schon bei den Kleinen.

Als gebratene Fische auf den Tisch kommen, ruft sie: »Ei, gebrat'ne Schiffe! Mein Liebstes!«

Die beiden Wassertiere »Fisch« und »Schiff« kann sie durchaus nicht auseinanderhalten, und es ist eines der anmutigsten Schauspiele, zu sehen, wie ihre Lippen und ihr Zünglein sich bei diesen Worten in Zweifelsqualen wälzen.

Ich erläutere ihr nochmals mit logischer Distinktion die beiden Dinge und denke dabei: Wer doch so ein aufhorchendes Kinderauge beschreiben könnte! Was müßte das für ein Dichter sein, der den Blick eines Kindes singen könnte! Nach Beendigung meines Vortrages frage ich sie:

»Also was liegt auf deinem Teller?«

»Ein Schfffff–schiff!!!«

»Und was fährt auf dem Wasser?«

»Ein Schschf–fisch!!«

Das wollt ich nur hören.

Sie bittet inständigst, ihr die Fische mit den Gräten zu geben, wie sie auch Kirschen, Pflaumen u. dergl. mit den Steinen erbittet. Meine Frau läßt denn auch ein paar riesengroße Gräten in dem Fisch, die Appelschnut nach beendeter Mahlzeit mit großem Stolze vorzeigt. Ein Gefühl, das ich durchaus verstehe. Wenn man drei Jahre alt ist, will man schließlich nicht mehr bevormundet sein wie ein kleines Kind. Bei welcher Gelegenheit man mit der Selbständigkeit anfängt, ist einerlei; aber *anfangen* muß man mit ihr, das liegt so im Wesen der Selbständigkeit.

Mittlerweile hat die hohe Mittagssonne den Schnee draußen an manchen Stellen weggeleckt, und als ich zufällig hinausblicke, sitzt auf dem Fenstersims ein verfrühter Schmetterling in bangerwartungsvoller Stille. Ich sage nichts, sondern nehme nur Appelschnut auf den Arm, trage sie ans Fenster und zeige ihr schweigend das stille Wunder. Im nächsten Augenblick wäre sie mir fast aus dem Arm geschnellt wie ein springlebendiger Karpfen.

»Ein Schmeckerling, ein Schmeckerling! Mamma, Mamma, ein Schmeckerling! Trude, Rasmus, Hertha, ein Schmeckerling, ein Schmeckerling!«

Die ganze Familie versammelt sich am Fenster.

»Der is doch wirklich, nich? Das is doch ein garkein ausspaßiger, nich Pappa?«

»Nein, das ist ein wirklicher, lebendiger Schmetterling.«

»Ja, ein gebendiger Schmeckerling! Irene, ein gebendiger Schmeckerling!« Ich habe die größte Mühe, sie zu halten; ihr ganzes Körperchen ist Zittern und Jauchzen.

Das ist die erste Freude an den Dingen! Sie hat im Bilde und in der Natur schon Schmetterlinge gesehen; aber die sind verblichen und vergangen wie tausend andere Eintagsfalter aus dem Frühsommer der Kinderseele. Heut erst erfolgt die formelle Vorstellung zwischen Schmetterling und Appelschnut. Das ist Freude! Das ist die Freude an den Dingen, die noch nicht fragt, was sind uns die Dinge und was sind wir den Dingen – die in jeder Blume ein entdecktes Land sieht und in jedem Steinchen ein persönliches Geschenk.

»Bitte bitte, süßer Pappa, laß den Schmeckerling mal reinkommen!« fleht die Kleine.

Vaterschaft verpflichtet. Ich mache mich also mit großer Vorsicht daran, den »Frühling« ins Zimmer zu schaffen, ohne daß ich seine Flügel berühre, und es gelingt. Jetzt sitzt er auf dem Tisch unter dem Kreuzfeuer von sieben Augenpaaren.

»Hertha, du muß nich so laut sprechen,« flüstert Appelschnut, »das mag er nich hören.«

Und jede leise Regung seiner Fühler und Schwingen wird mit unterdrücktem Jubel begrüßt. Dann aber geschieht etwas Großes, etwas unerhört Großes. Der Falter hebt sich auf und setzt sich auf Roswithas Arm.

Nun sitzt sie da, ein erstarrtes Freudebeben. Sie rührt keine Muskel, nur ihre weit offenen Augen gehen behutsam von einem zum andern. Ihr Glück hat auf ihrem Gesichtchen nicht Platz und strahlt weit darüber hinaus wie ein Glorienschein.

»Er mag mich leiden,« spricht sie mit seligem Stolz. - - - - - - - - - - - -

Der Schmetterling hat – nach Art der Schmetterlinge – die Dame seiner Wahl verlassen und ist weit fortgeflogen, bis hoch oben auf das Gardinenbrett. Er macht keine Miene, von dort zurückzukehren, und so erkalten allmählich auch Appelschnuts Gefühle.

Da aus der Gewohnheit sich das Recht bildet, so hat Appelschnut das Recht erworben, mich nach dem Essen schlafen zu legen. Sie bekommt bei dieser Gelegenheit nicht selten ein Stück von der Schokolade, die in einer Düte auf meinem Schreibtisch liegt. Das Schlafengehen geht so vor sich: ich muß mich vor die Chaiselongue stellen; Appelschnut giebt mir einen Stoß, dann muß ich lang aufs Ruhebett fallen und eine Minute lang schrecklich mit den Beinen strampeln. Ich muß heut eine besonders geniale Strampel-Intuition gehabt haben; denn die ganze kleine Roswitha explodiert in ein wahrhaft beseligendes Gelächter. Und wieder hab ich es ganz genau beobachtet, daß solch ein Kinderlachen unmittelbar aus dem Herzen hervorbricht. Das Herz springt auf mit einem Knall wie eine Knospe und schüttet siebentausend flügelschlagende Engel aus.

Inzwischen befinden wir uns bereits bei Nr. 2 des Programms: Appelschnut ist zu Pferde gestiegen. Das Pferd bin ich. Die Aufgabe besteht nun darin, die Litteratur der Reiterlieder zu durchhopsen, z. B. »Hoppe hoppe Reiter« und »Hopp hopp Reiterlein« &c. &c, eine väterliche Leistung, die nur derjenige würdigen kann, der weiß, was Embonpoint heißt. Dabei giebt es Litteraturwerke, die mindestens sechsmal wiederholt werden müssen, z. B.:

Zuck zuck zuck noh Möhlen,
Roswitha sitt op't Föhlen,
Trudel op de bunte Koh,
Un Rasmus op'n Swanz bitoo.
Rid wi all noh Möhlen.
»Goden Dag, Froo Möllerin,
Wo sett wi unsen Sack denn hin?«
»Buten op de Trepp,
Mang all de bunten Säck'.
Morgen geiht de Möhl;
Denn geiht se: Rumpelpumpel rumpelpumpel rumpelpumpel rumpelpumpel.«
(in infinitum.)

Plötzlich hält sie im Reiten inne, macht ein tief nachdenkliches Gesicht und fragt:»Pappa, wie heiß noch man das Lied von den Schwalben?«

Sie meint Chamissos Schwalbengedicht:

>»Mutter, Mutter, unsre Schwalben,
Sieh doch, liebe Mutter, sieh:
Junge haben sie bekommen,
Und die Alten füttern sie.«

Sie giebt nicht eher Ruhe, bis ich ihr das ganze Gedicht vorspreche. Und während ich spreche, muß ich denken: Wer doch den Blick eines Kinderauges beschreiben könnte, diese ruhig strahlende Blume, die ahnungslos unter den überhangenden Felsen des Schicksals blüht. Denselben Blick sah ich einmal, als ich an einem trüben Ostertage durch die traurigen Straßen einer Vorstadt schlenderte. Ein kleiner Knabe ergriff mich beim Rock und sagte:

»Du, kuck mal, ich hab'n neue Mütze gekriegt!«

Er mußte sein Glück hinaussprechen, und er vertraute es mir, dem völlig fremden Manne an. Aus einem schmutzigen Gesichtchen lachten mich zwei große Glaubenssterne an. Und der Ostertag wurde licht und schön.

Wenn man nur ein einziges Mal so reden oder schreiben könnte, daß die Worte mit solchen Augen die Menschen ansähen ... Dann könnte man sich doch ruhig hinlegen und sterben. – – – – – – – – – –

Als ich das Schwalbengedicht zu Ende gesprochen habe, atmet sie tief aus und sagt:

»Das is zu hübsch! Das lern' ich mir, un denn zieh ich einfach mein Mantel an un geh in die Schule.«

Kinder in diesem Alter haben bekanntlich ein kaum zu zügelndes Verlangen nach der Schule – sozusagen ein mathematischer Beweis für die Naivetät dieser kleinen Wesen. Dabei hat sie offenbar die Vorstellung, daß man in die Schule gehe, um daselbst zu Hause Gelerntes abzulagern. Sollte das Kind eine Ahnung von unseren Gymnasien haben?

Die Gedanken, welche Appelschnut in dieser Unterhaltung produziert, muß man sich übrigens wohluntermischt denken mit Schokoladegedanken. Betteln darf sie natürlich nicht; aber von Zeit zu Zeit schleicht ein tiefernster Schokoladeblick nach dem Schreibtisch, und dann betrachtet sie mich mit einem Blick, welcher konstatiert: Er merkt noch immer nichts.

Da wir bei der Schule waren, so kommt sie auf den Gedanken, ihre wissenschaftlichen Kenntnisse auszukramen.

»Soll ich mal ßählen?«

»Ja, zähl mal!«

Sie zählt; bei »zwei« und »zwölf« und »zwanzig« aber macht sie jedesmal ein verschmitzt triumphierendes Gesicht, als wollte sie sagen: Was sagst du *dazu?!!* Früher sagte sie nämlich »ßei« und »ßölf«; aber jetzt sagt sie ganz richtig »ßwei« und »ßwölf«. Natürlich wälze ich mich vor Bewunderung; als sie aber gar vollkommen richtig »ßweinßwanzig« sagt, drohe ich zu vergehen. Wie nun aber die jungen Künstler gewöhnlich sind – sie wollen den Gipfel übergipfeln; Appelschnut denkt: Ich muß ihm noch mehr bieten, und mit einem Triumph, der schon an Größenwahn grenzt, fährt sie fort: »Dreiunßwanzig – *vierunßwanzig* –«

Siehst du, Appelschnut: das war gefehlt. 23 ist keine Kunst mehr; 24 noch weniger. 22 war das Höchste.

Als der Erfolg ausbleibt, erklärt sie mit dem bekannten Primadonnengesicht: »Ich mag nich mehr ßähl'n.«

»Warum nicht?«

»Das is so wangleilig.«

Folgt eine längere Pause mit einem längeren Blick nach dem Schreibtisch.

Still war es, und mein Ohr hing an Roswithens Munde, die also anhub vom erhabnen Pfühl:

»Pappa, wo *wächst* eignlich Schokolade?«

»Schokolade wächst garnicht, die wird gemacht.«

»M!«

»Aus so kleinen schwarzen Bohnen, und die wachsen auf einem Baum.«

»M! – In Hamburg, nich?«

»Nein, ganz weit weg, in Ländern, wo es viel wärmer ist als bei uns.«

»M!«

Wieder Schweigen. Aber mein Mannesherz schmilzt, und ich frage:

»Magst du denn gern Schokolade?«

Das war das befreiende Wort.

»Latürlich!!« ruft sie und illuminiert sofort aus beiden Augen, und auf der strahlenden Stirn steht:»Endlich!«

»Na, dann steig mal vom Pferde und hol die Tüte!«

Es war gethan fast, eh gedacht.

Einen großen Teil dieser Schokolade hat Appelschnut mir gelegentlich geschenkt. Sie kommt oft zu mir herein, wenn ich mitten in der Arbeit bin, um mir ein Stück Schokolade oder ein Bildchen oder eine Puppe, oder ein in ihren warmen Händchen längst verwelktes Gänseblümchen zu schenken, und alles muß ich unweigerlich annehmen. Nach dem Gesetze des Stoffkreislaufes kehrt also diese Schokolade jetzt an ihren Ursprungsort zurück.

»Die bewahr ich mir bis Sonntag auf!« ruft Appelschnut.

Diesen »Sonntag«, verehrtes Fräulein, hoff ich ganz bestimmt zu erleben. Dieser »Sonntag« wird nach 5 Minuten angebrochen, nach 8 Minuten zur Hälfte und nach 10 Minuten ganz vergangen sein.

Und als sie ihr Naschwerk empfangen hat, giebt sie mir eilig einen Kuß, sagt »Schlaf wohl« und springt davon. Und das – habe ich immer gefunden – unterscheidet die Kinder von den Erwachsenen. Wenn die ihre Schokolade erreicht haben, bleiben sie immer noch etwas sitzen und reden von Richard Wagner oder von Afghanistan.

Hier folgt nun des Vaters Mittagsschlaf, den der geneigte Leser hoffentlich als einen wohlverdienten anerkennen wird. - - - - - - -
- - - - - - - - -

Vom Baum der Träume fiel mir eine weiche, köstliche Kirsche gerade auf den Mund, und als ich erwachte, war es Appelschnuts Mäulchen, das mich wachküßte.

»Pappa –! Aufwecken –! Kaffee trinken –!« ruft sie in einer Art Nachtwächterton.

»Ich bin aber noch so müüde. Laß mich doch noch 'n bißchen schlaaafen!«

»Nein, mein Liebling, jetz muß du aufstehn, nich? Bis auch mein Engel!«

Sie sagt das mit einer mütterlichen Milde und Zärtlichkeit, daß ich mir wie ein Wickelkind vorkomme.

»Ich kann aber nicht allein hochkommen; du mußt mir helfen!« Sie faßt mich bei den Händen und zieht aus Leibeskräften, und als ich stehe, ist sie fest wie ein Heildiener davon überzeugt. daß sie an meinem Aufkommen schuld sei. Als ich dann kaum einen Schluck Kaffee zu mir genommen habe, erinnert Appelschnut mit ernstem Pflichtgefühl daran, daß wir jetzt »arbeiten müssen«. Da ich beim Arbeiten oft mit den Händen auf dem Rücken im Zimmer auf- und abzugehen pflege, so legt sie die Hände auf den Rücken und wandert gesenkten Hauptes auf und ab, mit einem Gesicht, als grübe sie nach der vierfachen Wurzel des Satzes vom zureichenden Grunde. Ich muß natürlich das Gleiche thun, und dabei begegnen sich einmal unsere Blicke, und dabei muß es um meinen Mund herum irgendwo unwillkürlich gelacht haben.

»Ach Vaaater!!« ruft sie beleidigt.

»Entschuldigen Sie, Herr Schopenhauer, entschuldigen Sie!« Wir »arbeiten« weiter.

»Nu muß ich auch schreiben, Pappa.«

»Natürlich, warum solltest du nicht schreiben?«

Ich muß ihr meinen Armstuhl an den Schreibtisch rücken, sie darauf setzen und ihr Papier und Bleistift geben. Sie macht zunächst eine lange Reihe von n-Strichen; dann fällt ihr ein, daß es auch lange

Buchstaben giebt, solche, die nach oben, und solche, die nach unten gehen; sie macht also mit dem Bleistift einige kühne Abstecher nach oben und unten, und schließlich bringt sie sogar etwas wie eine h-Schleife an.

»Pappa, les mal, was da steht!«

»Das kann ich nicht lesen, das ist zu schwer.«

»Da steht: Mama is eine süße Deern.«

»Richtig, das steht da.«

»Was soll ich nu mal schreiben?«

»Nun schreib mal: Appelschnut ist auch eine süße Dirne.«

»O ja.«

Mit derselben Leichtigkeit schreibt sie auch diesen Satz. Dann malt sie mancherlei wurmartige Gebilde, von denen sie mit großer Unbefangenheit behauptet, das sei ein Ofen, und das sei ein Pferd und das sei ich. Dann will sie lesen.

»Aber in Lexikomm!« ruft sie.

Ich hole einen Band »Meyer« herbei und schlage ihn auf bei dem Artikel »Salpetersäureanhydrid.«

Sie wirft sich mit dem ganzen Oberkörper auf die Lektüre, und mit dem lächerlich kleinen Zeigefinger die Zeilen gewissenhaft verfolgend, liest sie:

»Eia popeia, was raschelt in Stroh,
Das sind die kleinen Gänselein, die haben kein' Schuh'.
Schuster hat Leder, kein Leisten dazu,
Darum kann er auch den Gänselein keine Schuh' machen.«

Und so liest sie noch gar manche Sachen aus dem »Meyer«, die noch kein Mensch darin gefunden hat. Als sie auf das Lied: »Ringel Rangel Rosen« stößt, rutscht sie vom Stuhl und hat mich im selben Augenblick bei der Hand.

»Das woll'n wir mal spiel'n!!«

Wir zwei spielen also Ringelreih'n:

>>Ringel Rangel Rosen,
Schöne Apfrikosen,
Veilchen un Vergiß man nich,
Alle Kinder setzen sich<<

und viele andere schöne Sachen, so viele, daß ich vollauf befriedigt
bin.

>>Tanz, Püppchen, tanz!
Deine Schühchen sind noch ganz;
Tanzt du sie entzweie,
Kauft der Vater neue.<<

O du ahnungsloses, grenzenloses Kindervertrauen in die Zah-
lungsfähigkeit des Vaters! O Kinderschuhe, ihr laufenden Ausga-
ben! Und doch würde ich Kinderschuhe über Kinderschuhe kaufen,
wenn ich mir damit einen Ruhm erwerben könnte wie Buko von
Halberstadt. Der war im grauen Mittelalter ein mächtiger Bischof,
besiegte die Slaven, machte Päpste und Könige und setzte Könige
ab; aber wenn er mal ein Mensch sein wollte, dann spielte er mit
den Kindern, schenkte ihnen Naschwerk und dachte tief innen, ich
meine: so ganz, ganz im Innersten seines streitbaren Herzens sicher-
lich wie alle großmächtigen Herren: >>Dies ist das Gescheitere.<< Von
dem Slavenüberwinder und Königmacher, der den armen Kaiser
Heinrich bedrängte, wissen nur ein paar absonderliche Leute, die
Geschichte lernen und behalten; von dem Kinderfreund aber singen
nach achthundert und noch mehr Jahren zur Abendstunde die Müt-
ter in Kathen und Hütten:

>>Buko von Halberstadt
Bringt all de lütten Kinner wat.
Wat sall he uns' denn bringen?
Schoh mit goll'ne Ringen,
Denn wüllt wi danzen un springen.<<

Aus >>springen<< reimt sich >>singen<<, und indem ich (endlich!) in
meinem Stuhle sitze und Appelschnut (vorläufig!) auf meinem
Schoße sitzt, singen wir (oft sehr zweistimmig) alles, was in ihrem
kleinen Herzen an Liedern wächst. Da heben denn auch jene Lieder

ihre Augen auf, die den Hauch der Weihnacht von Winter zu Winter tragen.

»O Pappa, weiß du was?«

»Na?«

»Ich will mal »O Tannenbaum« singen!«

»O ja, das thu mal!« Und sie singt:

>»O Tannenbaum, o Tannenbaum,
>Wie kosten deine Blätter – –«

Ich sehe, geneigter Leser, wie diese Version Sie stutzen macht. Gestatten Sie, daß ich Sie durch ein kleines Labyrinth zur Klarheit führe. Die richtige Lesart lautet bekanntlich:

>»Wie treu sind deine Blätter.«

Der Begriff der Treue war aber Roswithen fremd. Sie verstand die Zeile dahin: »Wie teuer sind deine Blätter?« und da sie von dieser Zeile nicht den Wortlaut, wohl aber den Sinn behielt, so singt sie jetzt standhaft: »Wie kosten deine Blätter?«

Zu solchen Aufschlüssen zu gelangen, ist natürlich nur der exakten, sorgsam beobachtenden Appelschnut-Philologie beschieden. Ich wette, meine Damen und Herren, Sie ahnen nicht, warum Appelschnut ein Goldstück, das ich ihr zeigte, auf meine Frage, was das sei, als »Silberpapiergeld« bezeichnete. Wollte das Kind einen Währungswitz machen? O nein! Der Appelschnutforscher löst diese Frage mit spielender Leichtigkeit. Schokolade ist häufig in Stanniol eingewickelt, nicht wahr? Dieses Stanniol nennen die Kinder »Silberpapier.« Appelschnut hat nun offenbar von allen metallisch glänzenden Gegenständen die Vorstellung, daß sie mit »Silberpapier« überzogen seien. Und so nannte sie das Goldstück »Silberpapiergeld«.

Was also wie ein Währungswitz aussah, ist etwas unvergleichlich Schöneres: ein Abirren zweier Kinderbeinchen vom Waldwege ins Dickicht und ein plötzliches Wiederhervorschauen zweier einfaltstillen Augen aus Blatt- und Zweiggewirr, ein Versteckspiel, wie es müdeste Herzen erquicken kann.

Inzwischen haben die Mädchen ihre Schularbeiten beendigt, nur der Junge muß noch übersetzen, daß der Reiteroberst Quintus Fabius mit den Samnitern kämpfte, obgleich Papirius Kursor verboten hatte, daß eine Schlacht geliefert würde – was der Knabe im Interesse seiner menschlichen Bildung natürlich mit vielen Freuden thut. Und dann ist die Abend- und Märchenstunde da; alles versammelt sich um den Tisch, und meine Frau erzählt eine »Geschichte«, heute zum soundsovielten Male mit immer gleichem Erfolge »Rotkäppchen«.

Alle Kinder, auch die größten, sind mit den Ohren dabei; nur Appelschnut hört mit Ohren, Augen, Mund und Nase – was sage ich: sie hört mit dem ganzen Körper und mit der ganzen Seele zu. Meine Frau erzählt:

».. . Und einmal schenkte ihr die Großmutter ein rotes Käppchen, und weil das kleine Mädchen so hübsch damit aussah, nannten es die Leute nur noch das »Rotkäppchen«. Da sagte einmal die Mutter: »Komm, Rotkäppchen, hier ist Wein und Kuchen –«

»O ja!« stößt Appelschnut hervor.

»– – bringt der Großmutter hinaus; sie ist krank und schwach und soll sich daran pflegen. Sei aber auch ja hübsch artig –«

»Jaa!!« beteuert Appelschnut voll Andacht.

»Lauf auch nicht vom Weg ab –«

»Nein!« versichert Appelschnut gehorsam. Sie ist immer mitten in der Sache, und als meine Frau auf die Frage des Wolfes »Wo wohnt denn deine Großmutter?« das Rotkäppchen erwidern läßt: »Eine Viertelstunde von hier, unter den drei großen Bäumen –« da unterbricht Appelschnut:

»So heiß das garnich; das heiß: »unter den drei großen Eichbäumen«!«

Und als die Erzählung zu Ende ist, da ist die Produktivität Roswithens so auf den Gipfel gebracht, daß sie herausplatzt:

»Nu will ich auch mal 'n Geschichte gezählen!«

»Hallo, Appelschnut will 'ne Geschichte gezähl'n! Man zu, Appelschnut, man zu!«

Es wird so still, daß man unsere Winterfliege würde atmen hören, wenn sie nicht in diesem Augenblick den Atem anhielte. Ich blicke zufällig zum Kanarienvogel hinauf: er neigt das Ohr und richtet sein kleines schwarzes Auge fest auf Appelschnut.

Und Appelschnut erzählt:

»Ein Jäger gingte still in den Wald. Und da verlierte . . . . verlorte er sein Schossgewehr. Und da freuten sich all die Tiere, daß er sie nu nich mehr totschossen konnte.«

Dies also ist die Historia vom verlornen Schossgewehr von Roswitha der Jüngeren. Sie hat allen, die sie hörten, das Herz erwärmt und ungeheuren Jubel erregt; aber ich halte es wohl für möglich, daß sie der Kritik Gelegenheit zu den scharfsinnigsten Übungen gäbe. Schon daß die Dichterin zwischen den Formen »verlierte« und »verlorte« schwankt (letztere Form ist die richtige), beweist wieder einmal, daß wir gegenwärtig nur einen deutschen Dichter haben: Ibsen. Immerhin ist es merkwürdig, zu beobachten, daß das deutsche Herz mit drei Jahren zu dichten beginnt. Appelschnuts Produktivität zeigt sich auch in der Art, wie sie gehörte Geschichten wiedergiebt. Auf allseitiges Verlangen muß Appelschnut die Geschichte von »Hänsel und Grethel« erzählen. Hänsel und Grethel spazieren in folgender Gestalt aus ihrem Köpfchen hervor:

»Also es war einmal ein armer Holzhacker, der hießte Pappa, un seine Frau hießte Mutter. Und sie hatten ßwei Kinder, die hießten Hänsel un Grethel. Na und als es abends war, sagte die Mutter: »Wir wollen Hänsel un Grethel in Wald schicken.« Und das thun sie auch. Und da kamten sie an ein Hexenhaus, das war ganz voll Zucker, un voll Kuchen, un voll Schokolade, un voll Mazipan, un voll Cakes, un voll Bonbons un noch viel mehr. Da brachen sie ein Stück ab, da riefte die Hexe: »Wer knappert an mein Häuschen?«»Der Wind, der Wind, das himmlische Kind.« Da kam sie raus und sagte: »Kommt nur herein, liebe Kinder, ihr sollt Reis mit Zucker un Kaneel haben.« Un da wollte sie Hänsel un Grethel in Ofen stecken, aber da ließen sie es lieber sein un steckten die Hexe in Ofen. Aber die Hexe mögte auch nich in den Ofen sein, und da schrie sie – oha, was schrie sie! Gans doll! »Ich will es auch nich wieder thun, ich will es auch nich wieder thun!« Da ließen sie sie wieder raus. Un da gingten sie fröhlich wieder zu ihr Eltern. Un da gingten sie alle in den Wald, un da eßten sie das *ganze* Kuchenhaus auf.«

An dieser schöpferischen Reproduktion ist dreierlei bemerkenswert:

1. das echt epische Verweilen bei dem Baumaterial des Hexenhauses,
2. die humane Abneigung gegen Hexenverbrennung, ein durch und durch unmoderner Zug,
3. in schroffem Gegensatz zu diesem moralischen Idealismus die kühn materialistische Nutzanwendung des Kuchenhauses.

Der gesunde Sinn der Dichterin sagte sich mit Recht: Wozu soll dieses wunderschöne Haus ungegessen im Walde stehen? Allen früheren Dichtern des Märchens ist dieses wichtige Moment entgangen, und so blieb es Appelschnut vorbehalten, den Stoff erst vollends zu bewältigen.

Allgemach hat die Mutter das Appelschnütchen auf den Schoß gezogen und ihr Kleiderknöpfchen und Schuhbändchen gelöst. Der kluge Leser erwartet jetzt den üblichen thränenreichen Widerstand gegen das Zubettegehen. Der kluge Leser irrt sich. Erstens weiß Appelschnut genau, daß dergleichen Bemühungen nutzlos sind. Zweitens ruht ihre ganze Weltanschauung auf der Grundlage: »Morgen ist es ebenso schön, und so leben wir alle Tage.« Und drittens erwachte sie eines Abends spät und rief nach ihrer ältesten Schwester, die den Posten einer Vice-Mutter bekleidet. Aufrecht im Bette sitzend, mit weit geöffneten Augen sprach Appelschnut zu ihrer Schwester:

»Trudel, fühl mal nach, ob meine Ohr'n noch da sind.«

Trudel fühlte nach und stellte fest, daß beide Ohren noch da seien. Und Appelschnut warf sich befriedigt ins Kissen zurück, steckte den Daumen in den Mund und entschlief sofort.

Ihr Traum ist Leben und ihr Leben Traum – warum sollte solch ein Geschöpfchen, das noch zwischen Himmel und Erde schwebt und die Wirklichkeit nur erst mit dem Saum seines Kleidchens berührt, warum sollt' es die Welt einteilen in Schlaf und Wachen?

Während des Auskleidens nehmen ihre Augen schon den Ausdruck aus jener anderen, verschwiegeneren Welt des Traumes an . . . Augen sind wie Wesen mit eigenem Leben, sind beseelte, bewußte Wesen im Menschen. O vieles könnten sie berichten vom tiefen Seelengrund, wenn ihnen ein neidischer Gott nicht die Worte versagt hätte. Und ist es nicht immer, als ob Kinderaugen mit Worten reden wollten? Unsere Augen werden müder, je älter sie werden, und geben endlich den Versuch zu reden auf.

»Mamma,« ruft Appelschnut plötzlich, »die Diebe sind doch ganz dunkel, nich?«

»Warum meinst du das?«

»Ach – ich meine – die sind doch ganz dunkel, nich??«

»Nein, die Diebe sehen gerade so aus wie andere Menschen.«

Die Diebe spielen nämlich in Appelschnuts Phantasie eine Rolle seit einer dunklen Nacht, in der ein dunkler Ehrenmann ihr Kaninchen stahl. Sie hatte sich so sehr ein lebendiges Tier gewünscht; erst wollte sie mit einem richtigen Pferd spielen, dann mit einer Ziege, und so wurde das Pferd immer kleiner, bis es ein entzückend weißes Kaninchen war. Appelschnut küßte und drückte es mit einer Liebe, die für ein Pferd genügt hätte, und brachte ihm so viel Zärtlichkeit entgegen, daß es selbst dem Karnickelchen zu viel wurde; es sprang ihm mit einem jähen Entschluß vom Arm; Appelschnut fiel ins Gras, und das Nickelchen sprang über ihre Nase hinweg. Appelschnut war ihm anderthalb Minuten lang wirklich böse; dann verzieh sie ihm, und so sprangen die beiden zwei Tage lang durch den Sonnenschein. Am Morgen des dritten aber war das Ställchen leer, und Appelschnut hörte, daß ein Dieb das Nickelchen weggenommen habe. Es zuckte bedenklich um Appelschnuts Mäulchen – da sah sie im Sande ihre kleine Gießkanne liegen.

»O Mamma,« rief sie begeistert, »sieh mal: der süße Dieb hat meine Gießkanne nich weggenommen!« – –

Unter den Seligpreisungen der Bergpredigt fehlt die eine: »Selig sind, die dankbaren Herzens sind. Schon unter Menschen werden sie glücklich sein.«

Appelschnut und die Philosophie

Denkt euch einen wunderbaren Sommertag und einen Garten, der mit seinem grünen Rasen, seinen Obstbäumen, seinen turmhohen Kastanien, Akazien und Ulmen in einem Meer von Sonne treibt und dem es vollkommen gleichgültig zu sein scheint, zu welchen Ufern ihn die träumende Flut des Lebens trägt. . . . Denkt euch in diesem Garten eine Laube und in der Laube einen närrischen Menschen, der diesem Treiben widerstehen will und sich verankert hat an schweren, dickleibigen Büchern und an einem Tintenfaß, das wie ein unförmlicher schwarzer Fels aus der Sonnenflut emporragt. . . . Und riesige Ulmen und zarte Syringen und schwebende Schmetterlinge und stille Rosen schwimmen an ihm vorüber und singen im Traume: Uns ist's gleich, wohin es geht. Sie singen natürlich sehr leise; aber er hört es wohl. Aber gottlob hat er strengen Befehl gegeben, daß ihn niemand störe, weil es ein sehr schweres und sehr wichtiges Werk ist, an das er sich festgeschmiedet hat. . . . Und wie er eben über Kants Schematismus der reinen Verstandesbegriffe nachdenkt, schwimmen zwei große, sonnenhelle Augen vorüber und singen: Uns ist's gleich, wohin es geht. Die Augen gehören zu einem Gesichtchen, und das Gesichtchen gehört zu einem kleinen Mädchen Namens Roswitha. Der Mann in der Laube hat ihr den Namen Appelschnut gegeben, weil ihr ganzes kinderdummes Frätzchen einmal aussah wie ein runder rotbäckiger Apfel, der weiter nichts zu thun hat, als zwischen grünen Blättern zu schaukeln, mit der Sonne Versteck zu spielen und zu wachsen. Inzwischen ist der Apfel gewachsen und hat angefangen – was man so nennt –: zu denken; er hat sozusagen schon Gesichtszüge bekommen, und zwei emsige Augen sind unaufhörlich an der Arbeit, um Mund und Nase Aufklärung zu verbreiten. Gleichwohl hat Roswitha den Namen Appelschnut behalten, und wenn man erst hört, welcher unerhörten Dummheiten sie noch fähig ist, dann wird man das auch ganz gerechtfertigt finden. So tritt sie jetzt an den denkenden Menschen in der Laube heran und sagt:

»Pappa, wenn wir 'ne neue Wohnung kriegen, mit 'm Garten mein ich un mit 'm Birnbaum, un wenn dann welche 'runterfallen – die darf ich doch aufsammeln, nich?«

Was soll nun der denkende Mensch in der Laube dazu sagen? Die Frage steht mit dem Schematismus der reinen Verstandesbegriffe in keinem, aber auch gar keinem Zusammenhange! Er macht denn auch ein Gesicht, das zu der Tiefe seiner Gedanken in keinem Verhältnis steht und fragt:

»Wie? Was willst du?«

Der Mund und die zwei Augen wiederholen ihre Frage, und mit finsterer Stirn versetzt der Mann:

»Ja, ja – aber du mußt mich jetzt nicht stören, hörst du?«

»Nein,« verspricht das kleine Mädel und taucht wieder unter im Sonnenschein. Es sind reine Verstandesbirnen; aber ihr schmecken sie schon.

Kant sagt:

> »In allen Subsumtionen eines Gegenstandes unter einen Begriff muß die Vorstellung des ersteren mit dem letzteren *gleichartig* sein, d. i. der Begriff muß dasjenige enthalten, was in dem darunter zu subsumierenden Gegenstande vorgestellt wird: denn das bedeutet eben der Ausdruck: ein Gegenstand sei *unter einem* Begriffe enthalten.«

Sehr wahr. Aber die Sonnenflut schwemmt wieder die beiden Augen heran, und unter den beiden Augen klingt etwas wie:

»Pappa: diese Gießkanne kann doch auch 'n Bett sein, nich?«

»Wie? was?«

»Ach, meine Puppe is jetzt schon so groß, un nu kann sie doch nich mehr in der Wiege liegen, nich? un nu soll sie in Bett liegen, un nu hab ich doch kein Bett, un nu kann doch auch die Gießkanne mal 'n Bett sein, nich?«

Kann man die Vorstellung einer zerbrochenen Gießkanne unter den Begriff Bett subsumieren? Nein. Aber wer weiß, ob nicht die Gießkanne eigentlich ein Bett und das Bett eigentlich eine Gießkanne oder beide Dinge keins von beiden sind, da wir ja das Ding an sich nicht erkennen können? Also . . .

»Ja, Pappa?«

»Ja ja, die Gießkanne kann ein Bett sein! Nun sollst du mich aber nicht mehr stören!«

»Nein!« verspricht das kleine Mädel und zerfließt wieder in Sonnenschein.

»Nun sind aber reine Verstandesbegriffe, in Vergleichung mit empirischen (ja überhaupt sinnlichen) Anschauungen ganz *ungleichartig* und können niemals in irgend einer Anschauung angetroffen werden. Wie ist nun die *Subsumtion* der letzteren unter die erste, mithin die *Anwendung* der Kategorie auf Erscheinungen möglich, da doch niemand sagen wird: diese, z. B. die Kausalität, könne auch durch Sinne angeschauet werden und sei in der Erscheinung enthalten?«

Ich – der findige Leser wird bereits geahnt haben, daß der geheimnisvolle Fremde in der Laube kein anderer sei als ich – ich also verfolge gerade den Gedanken, daß der Mensch die Kategorie der Kausalität in die Erscheinungen legt wie Appelschnut ihr Kind in die Gießkanne – als auch schon da, wo das transzendentale Schema sein sollte, wieder die beiden runden Augen sind.

»Pappa, woher kommen eigenlich die kleinen Kinder?«

Ja, das ist auch so ein Fall, wo die Menschen zwei Vorgänge durch Kausalität verbinden, obgleich doch in den Erscheinungen kein Begriff der Kausalität enthalten ist. Es stimmt aber immer.

»Pappa!«

»Ja ja! Das kannst du jetzt noch nicht verstehen; das lernst du, wenn du groß bist.«

»M! Nächstes Jahr, nich? Denn bin ich doch groß, nich?«

»Nein, nächstes Jahr bist du noch nicht groß.«

»Wie groß bin ich denn nächstes Jahr?«

»So groß vielleicht.«

»M. Ich weiß, was ich thu: ich trink fix Milch, denn werd ich ganz größer!«

»Ja, das thu nur. Aber jetzt darfst du mich nicht wieder stören!«

»Nein. – – Weiß du was, Pappa?«

»Na?«

»Ich bin Rudi ganz böse.«

»So? Warum denn?«

»Wenn ich sag: der Storch soll bei uns 'n Baby bringen, denn sagt er immer: Nein, bei *uns*, un wenn ich denn sag: Nein, bei *uns*, denn sagt er immer immer wieder: Nein, bei *uns*. Das soll er doch garnich, nich? Der Storch soll doch bei *uns* 'n Baby bringen, nich?«

»Das glaub ich nicht, Appelschnut. Ich glaube, er bringt eins bei Rudi.«

Appelschnut wird sehr nachdenklich. Und dann spricht sie aus der Tiefe ihrer Sehnsucht heraus:

»Junge, ich möcht, das Fenster bleibte mal nachts bei mir offen; vielleich bringt der Storch uns dann 'n Baby, un denn sucht er, wo das kleinste Bett is, un denn legt er das gerade in mein Bett!! Meinst, ich bring das denn in eure Schlafstube? Nee! Wenn es schreit, denn mach ich sch–sch–sch–, denn wird es wohl bis morgens ruig sein. Da weck ich euch nich ers um!«

Was soll ich euch sagen, meine Freunde? Bücher, Kant und Tintenfaß sind schon weit, weit fortgetrieben und schwimmen im transcendenten Äther, und mein Kopf treibt wie ein kleiner Kinderkopf auf der Welle des Sommertags und läßt sich heben und läßt sich sinken und summt vor sich hin: Mir ist es gleich, wohin es geht.

Liebe und Ehe. Diese gewaltigen, schreckens- und schönheitsvollen Territorien – man sollte nicht glauben, welchen Raum sie in einem Kinderköpfchen einnehmen und was sie da für harmlosebene Fluren sind. Da lösen sich die schwierigsten und verworrensten Dinge glatt und leicht. Schon mit drei Jahren bekundete Appelschnut die Absicht zu heiraten, wenn sie groß sei, und zwar stand es für sie außer allem Zweifel, daß sie einmal ihren Bruder Erasmus heiraten werde. Als ihr dann jemand erklärte, daß man seinen Bruder nicht ehelichen könne, rief sie verzweiflungsvoll: »Wen *soll* ich denn aber bloß heiraten!« Diese Frage ist inzwischen ihrer Lösung näher gerückt. Rudi, der Nachbarssohn, ein allerliebster kleiner Blondkopf und ihr ständiger Spielgefährte, hat bis jetzt die meisten Aussichten auf ihre Hand. Aber wer kann dem Flattersinn der Weiber trauen? Im Seebade lernte Appelschnut Gustav kennen, Gustav aus München. Sie sehen und sie lieben war für Gustav eins. Schon am dritten Tage ihrer Bekanntschaft trat Gustav vor seine Eltern hin mit der Frage: »Wenn ich groß bin, darf ich doch Roswitha heiraten, nicht wahr?« und erhielt das Jawort seiner Eltern. Auch Roswitha erklärte: »Gustav soll mein Vater werden.« (»Vater« hier so viel wie »Gatte«.) Meine Frau zeigte sich sehr bestürzt und machte ihr ernstliche Vorhaltungen. »Was ist das?« rief sie aus. »Gustav soll dein ›Vater‹ werden? Was wird denn aus Rudi? Ich denke, der soll dein ›Vater‹ werden!«

Appelschnut schürzte verächtlich die Lippen.

»Der will ja was anderes werden! Der will ja Eisenbahnmann werden.«

Dieselbe Anpassung wie vom Vater sein hat sie löblicherer Weise auch vom Mutter sein; sie betrachtet es als Beruf. Aber – und hier muß ich nun leider dem »Verein zur öffentlichen Hebung der Moralität bei den Mitmenschen« einen furchtbaren Schreck einjagen – sie betrachtet das Ideal des Mutterwerdens vollkommen unabhängig vom Heiraten. Sie hat lange geschwankt, ob sie Schneiderin oder Mutter werden wolle. Schneiderin, wenn man's bedenkt, ist ja sehr schön: man kann sein ganzes Leben lang Puppenkleider machen. Was wunder, daß Roswithen daher ein Stein vom Herzen fiel, als ihre Mutter ihr eines Tages erklärte, daß sich beides sehr wohl vereinigen lasse.

»O ja!« rief Appelschnut glückselig. »Was werd ich denn erst, Mamma?«

»Na, zuerst wirst du wohl Schneiderin.«

»O ja, un denn werd ich Mutter! Grade so wie Fräulein Annie, nich? [Frl. Annie ist unsere Schneiderin.] Die is auch Schneiderin, un nu wird sie bald Mutter, nich?«

Meine Frau hatte Mühe, ihr die Richtigkeit dieser Folgerung aus-
zureden und Frl. Annies Ruf vor Schaden zu bewahren.

Ach, armer Gustav aus München, deine Sachen stehen schlecht!
Du kannst nicht täglich zur Stelle sein, um deinen Vorteil wahrzu-
nehmen, wie Rudi. Da kommt er um die Ecke durch den Garten
geschlendert; sein goldblonder Lockenkopf ist wie Sonnenfunken,
die sich auf grünem Meeresspiegel wiegen. Roswitha eilt jubelnd
davon und umschlingt ihren Rudi, dem sie ganz böse ist.

»Mein süßer Rudi!«

Rudi ist ein männlich-herber Charakter; er erwidert nur mit einem halblauten »–switha?« Er ist überdies wieder mit einer Unter-
suchung beschäftigt. Er hat irgend etwas in der Hand, das er, wie
alles, was er Auffallendes findet, beguckt, befühlt, behorcht und
endlich mit der Zunge prüft. Er ist eine ausgesprochene Gelehrten-
natur und führt mit Appelschnut zuweilen sehr tiefsinnige Gesprä-
che. So hat er ihr u. a. die Überzeugung beigebracht: Wenn ein Re-
genwurm sterbe, dann gebe es Regen. Er verfügt denn auch schon
über einen angemessenen Gelehrtenstolz. Eines Tages fragte er seine erwachsene Schwester:

»Du, Sabine, was war das man noch, was in der Schachtel von der
Apotheke war?«

»Pulver.«

»Nein!«

»Pillen?«

»Nein!!«

»Kapseln?«

»Ja, aber was *war* das man noch?«

»Junge, ich versteh dich nicht.«

»Was *so* ist!« Und er zeichnete auf ein Stück Papier ein länglich-
rundes Etwas.

»Ein Ei?«

»Nein!!!«

»Ach – meinst du vielleicht eine Ellipse?« fragte die Schwester zweifelnd.

»Ja, eine Ellipse!« schrie Rudi, und im nächsten Augenblick war er im Garten bei Appelschnut.

»Roswitha, weißt du, was 'ne Ellipse ist?«

»Nee,« versetzte Appelschnut mit herzlicher Entschiedenheit.

»O Roswitha,« rief Rudi mit Entrüstung, »wie bist du dumm! Du weißt nicht mal, was 'ne Ellipse ist!«

Da Appelschnut nun einen Gefährten hat, ist der Grund für mein Nichtsthun eigentlich hinfällig, und ich versuche denn auch, das transzendentale Schema wieder in Sicht zu bekommen und zu entern. Zu meiner großen Freude werde ich aber bald durch ein erregtes Gespräch wieder gestört.

»Ich bin *doch* älter,« ruft Rudi.

»Nein!«

»Doch!«

»Nein! Sieh mal, du bis doch fünf, nich? Un wenn wieder Sommer is, denn is mein Geburtstag, un denn bin ich auch fünf.«

»Denn bin ich sechs,« versetzt Rudi mit schnöder Kälte.

»Nein!«

»Doch!«

»Denn wer' ich auch sechs!«

»Denn werd' ich sieben.«

»Pfui, Rudi! – Pappa, Rudi will immer älter sein als ich.« Sie ist dem Weinen nahe.

»Ja, Schätzchen, das ist nun einmal so. Dagegen ist nichts zu machen.«

»Er *soll* aber nich älter sein!«

»Dscha–!«

Damit ist der eheliche Zwist wieder da. Jede Überlegenheit gesteht sie ihm zu; nur daß er älter und größer ist als sie, das ist für ihr

Kraftbewußtsein ein unverwindbarer Schmerz. Empfand es doch ihre dreizehnjährige Schwester noch mit einem sanften Neide, daß ihr Bruder größere Stiefel tragen dürfe als sie; war sie doch überglücklich und stolz, als der Schuhmacher endlich erklärte, Kinderstiefel paßten ihr jetzt nicht mehr, sie müsse jetzt »Damennummer« tragen. Irre ich mich nicht, so kommt im Leben der Frauen eine Zeit, wo diese Schmerzen verstummen.

Rudi ist zur Rechten gegangen und Appelschnut zur Linken. Wenn aber Rudi sich einbildet, daß Appelschnut um einen Spielgefährten verlegen sei, dann irrt er sich: sie tanzt mit ihrem Schatten. Mit wunderlichen Kapriolen springt sie umher und bemerkt mit Vergnügen, daß der schwarze Schalksnarr ihr alles nachmacht. Sie scheint diesen Kameraden, des Menschen getreusten Gesellen und Persifleur, erst heute so recht kennen zu lernen.

»Was machst du denn da?« frag ich sie.

»Ich spiegel mich in der Erde.«

»So!«

Im nächsten Augenblick schießt sie wie ein Pfeil in die äußerste Ecke des Gartens. Eine Henne auf ihrem Beet! Auf Appelschnuts Blumenbeet! Diese Keckheit!

»Hast du sie weggejagt?«

»Ja. Die kommen immer wieder, die sind so frech, die Hühner! Aber wenn sie nu wiederkommen, weiß, was ich denn thu?«

»Na?«

»Denn schleich ich mich ganz leise hin un denn mach ich mit einmal ›Huuu!!!‹ Denn meinen sie, ich bin 'n Tiger, un denn werden sie bange un laufen weg.«

Man darf hieraus jedoch nicht schließen, daß Appelschnut ein Tigerherz im Busen trüge. Eines Tages lief sie mit meiner Frau um die Wette. Nach wenigen Schritten blieb sie stehen und ließ ihre Mutter ans Ziel gelangen. Meine Frau markierte einen großen Siegesjubel. Appelschnut aber wandte sich heimlich zu mir und sagte mit listiglustigem Augenzwinkern: »Ich wollt' ihr mal 'ne Freude machen!«

Sieht das einem Tiger ähnlich?

Und als sie eines Tages auf meinem Schreibtisch eine Tüte bemerkte, da fragte sie vorsichtig:

»Was hast du mir man noch versprochen?«

»Was ich dir versprochen habe? Das weiß ich nicht.«

»Das fängt mit›i‹ an.«

»Fängt mit einem ›i‹ an? Was ist das?«

»'n Bonbon!!«

Ach soo! Das wird wieder eine verbesserte Orthographie sein! Sie erhielt also einen Hustenbonbon; als sie aber mit dem Bonbon im Schnabel davongesprungen war zu ihrem Rudi, kam sie nach einigen Minuten wieder und rief:

»Du Pappa, weiß du was? Rudi hat noch nie in sein ganzes Leben geschmeckt, wie 'n Hustenbonbon schmeckt!«

Da aber der Vorrat an Bonbons erschöpft war, so konnte dem Erkenntnisdurste Rudis des Forschers kein Genüge geschehen. Als Appelschnut jedoch drei Tage später wieder einen Hustenbonbon bekam, war sie in drei Sprüngen an der Thür.

»Wo willst du denn hin?«

»Rudi bringen! Du weiß ja doch!«

Ich frage euch: welcher Tiger thut denn das? Welcher Dichter bringt einen Lorbeerkranz, der ihm gehört, zu seinem Kollegen und sagt: »Da, nimm du ihn!?« Es kommt ja wohl vor, aber gewiß nicht oft.

Ich hebe wieder den Blick und sehe die beiden tief Entzweiten in inniger Umschlingung auf dem Rasen sitzen und angelegentlichen Spieles pflegen. Und habt ihr einmal zugesehen, wenn zwei Kinder an einem Sommertage auf grünem Rasen unter Bäumen spielen? Habt ihr bemerkt, daß gleich die Sonne dabei ist und mitspielt, sie am Öhrchen zupft, ihnen die Locken durcheinander wirrt, die Hand auf den Kopf legt und ihnen tief in die Augen schaut? Habt ihr bemerkt, daß die Gräser und Blumen sich recken und einander über die Schulter sehen, um zuzuschauen, und daß die alten Ulmen und Kastanien sich innerlich – natürlich nur innerlich – schütteln vor Lachen und einander mit den Zweigen anstoßen und flüstern: Du, schau mal die beiden an!? Und nicht zu vergessen die Vögel! Kinder und Vögel sind Geschwister; sie sind des gleichen warmen und behenden Bluts. Darum hüpfen und springen und zwitschern in gemessenem Umkreis alle geflügelten Gäste unseres Gartens mit, wie fremde Kinder, die anfangs von ferne zuschauen und sich nicht ganz herantrauen, aber endlich mit fortgerissen werden in den Kreis der Freude.

Ja, Appelschnut ist gewiß ein Geschwister der Vögel; sie geht eigentlich nie; sie hüpft und tanzt ihre Lebensbahn dahin. Auch jetzt kommt sie herangehopst, und während sie mit mir spricht, tanzt sie ununterbrochen vor mir herum.

»O Pappa, wir spielen so fein!« (Hops, hops!)

»Ja? Was spielt ihr denn?«

»Wir spielen Schutzmann un Dieb (hops!) Rudi is der Schutzmann (hops!), un ich bin der Dieb (hops!). Un denn fragt er mich erst, wie ich heiß (hops!) un denn, wo ich wohn' (hops!) und denn (hops!) was ich gestohlen hab. Un denn sag ich das immer schnell, sons hält er mich fest, un das mag ich nich (hops!). Du mags doch auch nich so lange beim Schutzmann sein, nich Pappa?« (hops, hops!)

»Nein, das mag ich auch nicht.«

»Weißt du *was*, Pappa?«

»Na?«

»Wenn nu wieder Weihnach'n kommt, denn woll'n wir es mal in Garten feiern, nich?«

»Das wird wohl nicht gehen, Appelschnut.«

»Worum nich?«

»Weihnachten ist im Winter, und dann ist es kalt draußen, und dann liegt der Garten voll Schnee.«

»Och, man zu, Pappa, laß es Weihnach'n mal ganz warm sein!«

Wundert's euch, daß Appelschnut mir solche Dinge zutraut? Kinderseele ist Märchenland. Wollte sie doch einmal geraden Wegs über die Ostsee gehen und die untergehende Sonne holen. Das Kindermädchen hatte gesagt:»Geh nur hin und hol sie!«–Da stand Appelschnut schon mit Stiefeln und Strümpfen bis an die Knie im Wasser, gläubiger als Petrus, da ihn der Herr auf den Wellen gehen hieß, aber auch nasser. Inzwischen ist Roswitha ein paar Jahre älter geworden, und am Strande der Nordsee hatte sie diesen Sommer schon geographischere Gedanken. Sie war dabei, mich bis an den Hals mit Sand zu bedecken, und ich glaubte sie ganz mit diesem Vorhaben beschäftigt, als sie plötzlich nachdenklich übers Meer blickte und mich fragte:

»Wo is eigenlich Amerika?«

Ich zeigte nach Westen, wo immer etwas Amerika liegt.

»Ich seh nix«, sagte Appelschnut.

»Das kannst du auch nicht sehen, das ist ganz weit weg. Wenn man dahin will, muß man zehn Tage lang mit einem Schiff fahren und auf dem Schiffe essen und trinken und wohnen und schlafen – zehn mal schlafen!«

»Uuuha!!«

»Ja.«

»Ich mag aber nich in Amerika sein.«

»Nein? Warum nicht?«

»Da sind I–aner.«

»Ja, Indianer sind freilich da.«

»Die fressen Menschen.«

»Ach nein, das thun sie wohl nicht. Es sind auch noch viele andere Menschen da, ebensolche wie wir.«

»Ja, die kämpfen sich mit den I–anern.«

»Ja, mitunter; aber immer kämpfen sie nicht.«

»Nein! Sie müssen ja auch mal was essen!«

Nach einer Weile entrang sich ihrer Brust ein sehnsüchtiger Seufzer:

»Junge, ich möcht', ich könnt' fliegen!«

»So?«

»Ja, wenn denn 'n Menschenfresser kämte, denn flögte ich einfach auf 'n Baum.«

»Ja, aber hier bei uns giebt es ja gar keine Menschenfresser.«

»Nein! Wenn hier 'n Menschenfresser herkommt un er will mich auffressen, denn sag ich das einfach zu'n Schutzmann, denn bringt er ihn auf die Wache, nich? Das muß er doch auch, nich? Wenn er Menschen frißt, denn is er doch ungezogen, nich?«

»Sehr ungezogen!«

Ich hänge noch der Erinnerung an jenes Strandidyll nach und sehe stillen Herzens, wie mein sonnengoldener Garten weit ins grüne Sonnenmeer der Nordsee entschwimmt und verschwimmt – als ich schon wieder durch laute Klagerufe aus meinen Träumen aufgejagt werde. Appelschnut mit ihrer Puppe Ursula auf dem Arme kommt weinend und in großer Erregung herbeigestürzt.

»Pappa huhuuu, nu spielen wir so schön Mutter un Kind huhuuu, un ich bin die Mutter huhuuu, un Ursula is das Kind huhuuu, un nu will Rudi nich der Vater sein huhuuu –«

»Ja – das ist ein schwieriger Fall. La recherche de la paternité est interdite!«

»Huuu, was sagst duuuu?«

»Ja, das war Französisch, das kannst du noch nicht verstehen.«

»Doch, huuu, das kann ich doch, huuu!«

Alles darf man Appelschnut sagen, nur nicht, daß sie etwas nicht könne. Sie kann tatsächlich sich selbst das Kleidchen anziehen und die Stiefel zuknöpfen. Und wenn man sie nur gewähren ließe, dann könnte sie noch viel mehr: durchgegangene Pferde einfangen, Wagners Tristan und Isolde spielen, Eisenbahnwagen schieben und Seezunge à la Richelieu zubereiten. Ja, als Rudi sie eines Tages wieder eigensinnig und schnöde verlassen hatte wie Theseus die Tochter des Minos und ich heimlich zu meiner Frau sagte: »Sie weiß noch nicht, wie man Männer fesselt«, da rief sie eifrig: »Doch, das kann ich doch!« – denn hören kann sie auch. Sie weiß zwar nicht, was »Männer fesseln« ist; aber sie kann es.

»Also Französisch kannst du auch, Roswitha?«

»Ja huhuuu!«

»Was kannst du denn?«

»Ich kann huhuuu französisch zähl'n huhuuu!«

»Ach, dann zähl doch mal, das möcht' ich auch lernen!« Ich suche ihr Taschentuch, find es auch, aber in keinem geeigneten Zustande. Sie scheint den Garten damit reingemacht zu haben. Ich trockne ihre Thränen also mit meinem Tuch, und schluchzend und mit einem ergreifenden Leidensgesichte zählt sie französisch.

»Öng, döng, tröng, kratter, ßäng, ßieß!«

»Wahrhaftig, Appelschnut kann Französisch!« Ich versuche, es nachzumachen und stolpere dabei entsetzlich über sämtliche Sprachwerkzeuge. Und Appelschnut lacht; ausschütten will sie sich vor Lachen! Also lachen kann Appelschnut auch, lachen, wenn noch ein dicker Tropfen im Augenwinkel sitzt! Appelschnut, du kannst viele Künste; aber in einer Sekunde weinen und lachen, das ist doch deine schönste Kunst.

»So, jetzt geh nur wieder und spiel, und wenn Rudi nicht will, dann laß ihn laufen; er kommt von selbst wieder. Darum mußt du nicht gleich weinen.«

»Nein,« versetzt sie mit nachdenklicher Zustimmung. »Er is ja noch so klein un dumm; er weiß das noch nich besser«.

Und als getröstete Strohwitwe hüpft sie davon – Rudi hat sich seinen Vaterpflichten durch die Flucht entzogen und ist nicht mehr zu erschauen.

Ich werde mich nun doch wieder an die Arbeit begeben. Eigentlich gehört es sich doch durchaus nicht, daß ein erwachsener, großjähriger Schriftsteller einen ganzen Tag mit Kindern verspielt.

Mit großer Mühe und Sorgfalt schlage ich meine Bücher wieder auf. Da trifft mein Ohr ein seltsam, wundersam lockender Ton.

»Komm?! Komm?!« ruft eine zarte, schmeichelnde Stimme.

Ich blicke auf und sehe Roswitha vor einem Blumenbeete hocken. Ich nähere mich unbemerkt.

»Komm?! Komm?!« ruft sie liebevoll, wie man einem Hund oder einer Katze ruft, die sich nicht herangetrauen. Endlich entdeck ich, daß ihr schmeichelnder Ruf einem Schmetterlinge gilt, der auf einer Blume sitzt. Jetzt bemerkt sie mich.

»Pappa,« ruft sie, »dieser Schmetterling is'n komischer Mensch! Ich ruf immerlos, er soll kommen; aber meinst, er kommt? Rührt sich ganich!«

»Ja – das kann ich ihm nicht verdenken.«

»Pappa, krieg ihn mal!«

Nee, fällt mir nicht ein. Ich bin doch keine Zensurbehörde.

»Man zu, Pappa!«

»Er mag nicht gefangen sein, Appelschnut. Du magst doch auch nicht in der Waschküche eingesperrt sein, nicht wahr?«

»Man zu, Pappa, ich will ihn auch ganich in die Waschküche einsperren –«

Inzwischen kommt Rudi herbeigesprungen mit einer großen, frohen Kunde. Polly hat sich wiedergefunden! Polly ist wieder da!

Darüber vergißt Appelschnut alle Schmetterlinge der Welt!

»Wo ist er? Wo? Wo?«

»Da unterm Strauch«, sagt Rudi.

Richtig! Ganz tief unter den Rhododendron hat der Schalk sich versteckt! Acht Tage lang hat er dagesessen und sich nichts merken lassen! Und dabei sieht er uns mit seinen klugen Pudelaugen an, als ob gar nichts geschehen wäre. Drei Tage lang haben Rudi und Roswitha ihn gesucht, und der Strolch hat sich nicht vom Platze gerührt, obgleich er vier Räder unterm Leibe hat! Ist das ein Schlingel! Welch ein Wiedersehen! Welch ein Küssen und Drücken und Umarmen und Streicheln!

»Du hast Polly wohl *sehr* lieb, Appelschnut!«

»Ja!« seufzt sie in tiefer Andacht.

»Wen hast du denn mehr lieb: Polly oder mich?« frage ich sie.

Sie denkt einen Augenblick nach.

»Beide gleich,« versetzt sie.

Ich kehre geknickt zu Immanuel Kant zurück. Was bleibt uns nach solchen Enttäuschungen Besseres als die Philosophie? Und es wird eine große Stille. – Eine lang andauernde Stille. – Eine unheimliche Arbeitsstille. – Ich werde schließlich doch wohl nicht umhin können, die transzendentalen Schemata reiner Verstandesbegriffe nach der Ordnung der Kategorien Revue passieren zu lassen. Also:

>Das reine Bild aller Größen (quantorum) vor
dem äußeren Sinne ist der Raum –«

Diese Stille aber erscheint mir höchst bedenklich. Diese Stille stört mich. Wenn zwei Kinder im Garten sind, muß man doch etwas hören!! Ich höre aber nichts!! Das ist verdächtig. Wenn Kinder still sind, so ist das stets verdächtig. Ich muß unbedingt einmal nachsehen. –

Aber ich finde sie nicht. Zu sehen sind sie auch nicht. Das ist mehr als verdächtig. Plötzlich hör ich in meiner Nähe gedämpftes Sprechen – holla: der Wigwam! An den hab ich ja gar nicht gedacht! Appelschnuts Bruder Erasmus hat mit einer anderen gelegentlichen Rothaut zusammen einen Wigwam aus Holzstangen und Fußmatten errichtet. In diesem Wigwam hocken Rudi und Roswitha innig vereint wie Paul und Virginie. Paul ist Krämer und verkauft schwarze Gartenerde in Tüten; Virginie bereitet diese schwarze Gartenerde mit ausgiebigen Quantitäten Wasser zu einem reichlichen Mahl für Polly. Und da der Raum im Wigwam, wie man sich denken kann, beschränkt ist, so hat Virginie mit einem Teil ihres Körpers und mit ihrer weißen Schürze in der Suppe Platz genommen.

»Appelschnut –! Allmächtiger! Wie siehst du aus!«

Die beiden machen ein Gesicht wie Adam und Eva, als sie »die Stimme des Herrn im Garten hörten« und das Paradies verloren war. Appelschnut macht Augen von einem unerhörten Durchmesser und studiert andauernd mein Gesicht: Ist er wirklich böse, oder thut er nur so. Es ist ihr dabei offenbar nicht bekannt, daß sich um ihr rechtes Auge ein großer, kräftig gezeichneter Ring von Gartenerde zieht und wie ein Monokle ausschaut.

»Aber Appelschnut – was wird die Mama sagen!«

Hier muß ich einschalten, daß nämlich dies der einzige Punkt ist, in dem unsere elterlichen Erziehungsprinzipien auseinandergehen.

Meine Frau dringt auf unentwegte Reinlichkeit und hat recht damit; ich aber habe für die Wäsche nicht zu sorgen und urteile deshalb weit großherziger. Für mich hat ein Gesichtchen, das mir eifrig eine Geschichte erzählt und dabei nicht ahnt, daß unter dem Näschen ein furchtbarer Schnauzbart sitzt, etwas Unendlich-Rührendes in seiner naiven Schmutzigkeit. Ich finde die mancherlei Arten von Tätowierung, die dabei vorkommen, so unendlich interessant! Man bekommt immer neue Dessins zu sehen! Wie köstlich wirkt auf solch einer rot und weißen Wange ein Schönheitspflästerchen, wie hebt es den Teint, vorausgesetzt, daß noch Teint zum Heben vorhanden und nicht alles Schönheitspflästerchen ist. Wie geheimnisvoll erscheint auf solch einer kleinen Stirn der genaue Abdruck von fünf aufwärts gerichteten Fingern, und – das ist das Herrlichste –: wie pikant, wie punktualistisch pikant ist ein unbewußter Fleck gerad auf der Nasenspitze. Das giebt dem ganzen menschlichen 25pfünder etwas Unternehmend-Übermenschliches, etwas Erobererhaftes, das bereit ist, mit der Nase voran durch allen Staub und Schmutz der Welt zu gehen . . . .

Aber du wirst doch hinein müssen in die Wäsche, Appelschnut! Das ist das Los des Schönen auf der Erde! Ich ziehe sie aus dem Wigwam hervor und kann, wie ich sie vollends besehe, nicht umhin, abermals auszurufen: »Appelschnut, mein Gott, wie siehst du aus!«

»Och, das is nich so schlimm!« meint sie. »Das kann mal spazier'n (passieren)!«

»So! Das erzähl nur der Mama! Laß dich nur ja nicht vor den Leuten sehen!«

»Och, das schad't nix! Ich genier mich nich so!«

Appelschnut, das ist sehr großzügig von dir gedacht; aber wir müssen doch hinein vor das Ober-Schürzen-Gericht. Ich gehe mit als Rechtsbeistand und werde auf Freisprechung, mindestens aber auf mildernde Umstände und Anrechnung des Monokles plädieren.

Die Affaire läuft denn auch recht glimpflich ab; die »Mamma« muß sich auch auf die Lippen beißen, und ein Richter, der sich auf die Lippen beißt, hat seine größten Schrecken verloren. Leider aber zeigt sich bald, daß Appelschnut noch etwas Schlimmeres auf dem Kerbholz hat.

Vor dem offenen Fenster der Speisekammer, als welche im Keller gelegen ist, stand in der Kühle des Morgens eine Schüssel mit Apfelmus, bestimmt, die Freuden des nächsten Diners zu erhöhen. Als indessen die Magd die zierlich bemalete Schüssel stellen wollt' auf den Tisch zur leckeren Freude der Herrschaft, siehe, da fand sie entsetzt im köstlich-goldenen Breie langgezogene Spuren von einem gefingerten Tiere. Appelschnut, Appelschnut! Die Suppe im Wigwam beschmutzte nur dein Gewand; aber dieses Apfelmus befleckt dein Inneres! Der Verbrecher wird – wie es in den Zeitungen heißt – mit seinem Opfer konfrontiert und erkennt bleich und schlotternd die Handschrift im Apfelmus als die seinige an.

»Hat Rudi mitgenascht?«

»Ja.«

»Wer hat denn zuerst gesagt: Wir wollen mal von dem Apfelmus essen?«

»Ich.«

Ist es nun nicht ein Jammer, daß man sie dafür nicht küssen darf? Im Gegenteil: man muß ihr noch das Kompot entziehen; denn der Mensch, der sein Apfelmus antezipiert, der hat es gehabt: das ist Naturgesetz. Wenn wir Erwachsenen uns als Anstifter zu einer Schandthat bekennen – ich sage ja: wenn wir es thun – dann haben wir als Kompot doch wenigstens das süße Gefühl einer anständigen Handlung. Nicht einmal das hat Appelschnut. Wenn ich sie jetzt küsse, bezieht sie es auf die Apfelmusprobe! Weil ich aber nicht leiden kann, daß eine schöne That unbelohnt bleibe, und weil ich dem »Verein zur öffentlichen Hebung der Moralität bei den Mitmenschen« so schrecklich gern eins vor die Magengrube versetze, deshalb sei hier der edlen Handlung Roswithens ein Denkmal gesetzt in den Worten:

Appelschnut,
am Tage, da du vom Apfelmuse stahlst,

obwohl du vom Apfelmuse stahlst,
warst du ein riesig anständiger Kerl.

Leider verfehlt die Strafe der Apfelmusentziehung jeden Effekt,
weil noch während des Mittagessens ein unvergleichlich stärkerer
Reiz in Appelschnuts Seele fällt. Was kann das sein? Was ist stärker
als Apfelmus und Schlagsahne, Schokolade und Fruchtbonbons? Ich
will es euch sagen, mit einem Worte will ich es euch sagen, mit
einem Worte, das nur vier Laute enthält. Und wenn ich es gesagt
habe, werdet ihr mir alle zustimmen. Wie also heißt das, was stärker
ist als Ananas-Pralinés und Kirschentorte? Es heißt

»Sand«.

Schon während der Suppe kommt die Kunde, daß der übliche
Lieferant soeben eine Ladung Sand gebracht habe und die große
Sandkiste im Garten bis an den Rand gefüllt sei. Von jetzt an sitzen
Roswitha und Hertha nur noch halb auf dem Stuhle, und Schuberts
Müllerbursche mit seiner »Ungeduld« ist gegen sie ein phlegmati-
scher Niederländer. Die Größeren wahren schon mehr die Dehors;
denn eigentlich ist ja der Sand ein Spielzeug »für die Kleinen«.
Während des Nachtisches hängen zehn Augen an unseren Gesichtern, um den die Tafel aufhebenden Blick aufzufangen. Als ich von
dem Satze: »Ihr könnt jetzt hinausgehen,« das Wort »Ihr« gesprochen habe, stauen sich bereits drei in der Thüröffnung, die zugleich
hinauswollen.

Draußen angelangt, schwingt sich Roswitha in die Sandkiste,
umarmt eine möglichst große Menge des köstlichen Stoffes und
ruft: »Mein süßer Sand, bist du da? Du bist mein geliebter Sand!«
Hertha beginnt mit dem Kuchenbacken; Irene läßt den Sand durch
die Finger gleiten, und Gertrud und Erasmus stehen mit wohlwol-
lendem Interesse, aber entschieden mit Haltung dabei; denn schließlich ist ja der Sand ein Spielzeug für die Kleinen. Ich weiß nicht,
welche geheime Naturkraft hier waltet: aber nach 10 Minuten sind
noch drei Nachbarskinder bei der Sandkiste, darunter ein
15 jähriger mit einer Baßstimme, sieben feinen schwarzen Härchen
auf der Oberlippe und Ironie in den Blicken. Mit den Händen in der
Tasche und einem Anflug von Großjährigkeit um die Mundwinkel
blickt er auf den Sand herab und sagt: »Wie die kleinen Krabben
sich amüsieren!« Die übrigen Großen schließen sich seiner gereiften

Beobachtung an und wenden sich ab; denn der Sand ist etwas für die Kleinen.

Von keinem Menschen auf der weiten Welt kann man verlangen, daß er sich unmittelbar nach dem Diner mit erkenntnistheoretischen Untersuchungen beschäftige. Hab ich also schon den ganzen Vormittag mit Sommervögeln und Sonntagskindern verbummelt, so darf ich mich nun erst recht in Duft und Schein des Junitages betten und jenen Phantasien Audienz geben, die an solchem Tage nach dem Mahle durch unser Hirn taumeln, als wenn sie alten Burgunder getrunken hätten. In seltsam bunter Reihe umtanzen mich Gedanken und Gestalten, einander bei der Hand fassend in unendlicher Reihe:

Wir winden, winden einen Kranz –
Wir schmieden, schmieden eine Kette –

und plötzlich tauchen zwei liebe kleine bekannte Gesichterchen auf, und als ich die Augen vollends aufmache, stehen Hertha und Roswitha Hand in Hand vor mir, Hertha als Klägerin, Roswitha als Verklagte.

»Vater, diese Puppe ist Roswithas Kind, und nun ist es an Blutvergiftung gestorben, und wir wollen es begraben im Sand, und nun will Roswitha nicht weinen! Das muß sie doch, nicht, Vater?«

»Nee!« lacht Appelschnut. »Was 'n Unsinn, nich Pappa? Worum soll ich denn nu bloß weinen? Das macht doch Spaß, nich Pappa?«

Liebes Hertha-Kind – deine Schwester Appelschnut spricht eine andere Sprache als wir. Ihr Geist unterscheidet schon den »Soldaten aus Pappe« und den »Soldaten aus Wirklichkeit«, ihr Herz aber noch nicht.

Aber das Begräbnis muß ich mir ansehen. Man kann nicht sagen, daß sie die Sache tragisch nähmen. Vielmehr greifen sie das Geschäft so fröhlich an wie gut bezahlte Leidtragende. Bald aber machen sie den Übergang, den auch ich als Knabe stets zu machen pflegte, den Übergang vom Puppenspiel zum Menschenspiel. Appelschnut produziert mit großer Begeisterung den Einfall, sich selbst begraben zu lassen. Sie kann sich das leisten. Als sie aber zur

Hälfte mit Sand bedeckt ist, richtet sie sich auf und macht Miene, aus der Kiste herauszuklettern.

»Roswitha, was willst du?« ruft Hertha. »Bleib doch liegen!«

»Nein, ich *muß* mal –!« erklärt Roswitha mit kühler Selbstverständlichkeit.

Das überwindet freilich Tod und Grab. – – – – – – – – – – – –

Bald darauf legt sich mir ein Ärmchen um den Hals. Es ist Appelschnut; sie hat inzwischen über den Tod nachgedacht. Denn sie fragt:

»Pappa, die kleine Therese ist doch nu tot, nich?«

Therese ist ein Kind aus der Schulbekanntschaft ihrer Schwestern.

»Ja, Therese ist tot.«

»Un nu kommt sie doch in die schwarze Erde, nich?«

»Ja.«

»Pappa«, – hier geht Appelschnut seltsamer Weise wieder zum Tanz über – »Pappa, wenn ich tot bin (hops!) un wenn sie mich in die schwarze Erde eingraben wollen (hops!), weiß, was ich denn thu?«

»Nun?«

»Denn strampel ich einfach mit den Beinen (hops!), daß die schwarze Erde wieder von mir abfällt (hops, hops!) Aber weiß, was ich thu? Ich mach die Augen nich auf (hops!) nee. Sons kommt mir ja all der schwarze Sand in die Augen (hops!) Das thus Du doch auch nich, was?«

»Nein, ich mach die Augen zu.«

Und danach schließen Hertha und Roswitha sich dem Spiel der andern an. Da mach ich die merkwürdige Beobachtung, daß jetzt 11 Kinder um die Sandkiste vereinigt sind. Auch Gertrud und Erasmus backen mit Feuereifer Sandtorten und Napfkuchen, und der Ironiker mit der schüchtern behaarten Oberlippe hat sich eine weiße Schürze vorgebunden und verkauft sie mit Begeisterung.

So macht der Sand aus fünfzehnjährigen Kindern fünfjährige, so vermag er selbst Kinder noch zu verjüngen. Er beschäftigt unsere heitersten Kräfte: unsere Phantasie, unsere Willkür. Willig bequemt er sich in tausend Formen, willig lassen seine Gebilde sich zerstören und immer wieder neu gestalten. Bauen kann man mit ihm, bauen! Bauen ist der Menschen sehnsüchtigstes Spiel: die Schwere zu überwinden und Tempel und Paläste aufzuschichten, die nach oben streben und nach oben weisen. Das ist der Menschheit ewiges Glück, daß sie nach oben will. Alles Große, Liebe, Schöne – nur eines will es: nach oben. Und am schönsten, seligsten baut es sich aus Luft und aus Sand; denn sie sind leicht beweglich wie des Menschen Traum. Aber nicht trocken darf der Sand sein, sonst zerrinnt er ohne Gestalt. Feuchtigkeit muß ihn zusammenballen zum Gebilde. Und

> Nicht mit süßen
> Wasserflüssen
> Zwang Prometheus unsern Leim;
> Nein, mit Thränen,
> Drum im Sehnen
> Und im Schmerz sind wir daheim.

Ja, Thränen sind gut: sie machen Festen und Burgen aus dem Sand, mit dem wir bauen. –

»Kinder, laßt uns eine große Burg bauen mit Türmen und Thoren, mit Wällen und Gräben und Fenstern und Lauben! Ihr wißt schon, wie ich's meine:

> Zwar die Ritter sind verschwunden,
> Nimmer klingen Speer und Schild;
> Doch dem Wandersmann erscheinen
> Auf den altbemoosten Steinen
> Oft Gestalten zart und mild.«

»O ja, ja, ja! Eine Burg bauen! Eine Burg!«

Und jetzt spielen zwölf im Sande.

Haha, wer will mir jetzt noch einen Vorwurf machen? Wenn der Mensch sich nützlich beschäftigt, so kann man nicht mehr von ihm verlangen. Wenn ich Vernunftkritik treibe, dann kann ich keine

Burgen bauen, nicht wahr? Nun also! Wenn ich Burgen baue, kann ich also auch keine Vernunftkritik treiben. Das ist sonnenklar.

Und so verrinnt der Tag, und als der Abend gekommen ist, hat Appelschnut doch etwas gefangen: einen Sonnenkäfer, und Erasmus hat ihn in ein Glas gethan. Wie manchen Tag schon hab ich vom Fenster aus Appelschnut auf dem Jagdpfade gesehen, auf den Fußspitzen gehend, die Händchen in größter Spannung gespreizt und die Vögel beschleichend. Sie will ihnen ganz gewiß nichts thun; sie will nur einen haben, mit dem sie spielen kann, wenn Rudi nicht da ist. Aber die Vögel begreifen das nicht und fliegen immer davon. Eines Tages rief Appelschnut sogar mit schmerzlicher Entschiedenheit:

»Mamma, wann kochen wir mal wieder Leim?«

»Leim? – Wozu das denn?«

»Den mach ich denn auf 'n Zweig, un denn setzen sich die Vögel darauf, un denn kleben sie fest, un denn kleb ich sie einfach wieder ab, un denn hab ich Vögel.«

Aber nun hat sie wenigstens ein Sonnenkäferchen, und das zeigt sie beglückt der Mutter, die sie zu Bette bringt.

»Aber auf dem kalten, harten Glas mag das Käferlein nicht sitzen. Wollen wir es nicht auf eine Blume am Fenster setzen?«

»Ach nein, Mama, dann fliegt es ja weg!«

»Aber wenn er in dem Glas sitzen muß, dann ist er die ganze Nacht traurig und denkt: ›O die böse Roswitha! Sie hat mich in dies schreckliche Glas eingesperrt!‹ Wenn du ihn aber auf die Blume setzest, dann denkt er: ›O die süße Roswitha, sie hat mich freigelassen!‹«

Appelschnut steht plötzlich aufrecht im Bettchen.

»Laß ihn man wieder raus!« sagt sie.

Und dann legt sie sich wieder nieder, steckt den Daumen in den Mund und saugt an ihm und an dem Bewußtsein einer guten That.

»Mamma, sing mal das Lied von der Lilie un der Rose!«

Und meine Frau beginnt Schuberts herrliches »Wiegenlied«, ein Lied, das älteste, gramerfüllteste Menschenkinder zur Ruhe singen kann, ein Lied, um das der ganze Friede eines kindlichen, geruhigen und goldenen Zeitalters weht.

>Schlafe, schlafe, holder, süßer Knabe,
Leise wiegt dich deiner Mutter Hand.
Sanfte Ruhe, milde Labe
Bringt dir schwebend dieses Wiegenband.«

»Mamma, ich bin gar kein Knabe, un ich lieg auch ganich in der Wiege; aber das macht nix.«

Gott erhalte dir, mein Kind, diese Überlegenheit über den Hosenknopfrealismus.

Wenn man aber glaubt, daß Appelschnut nun schliefe, dann wendet sie sich noch einmal um und fragt:

»Mamma. wie kommen eigenlich die Sterne immer aus der Luft raus un wieder rein?« oder:

»Pappa, woher kommt eigenlich die Natur?« oder:

»Mamma, solche Adern mit Blut drin, solche wie ich hab, die haben doch *alle* Menschen, nich?« oder:

»Pappa, Sand is doch aus Stein gemacht, nich?« oder:

»Mamma, der Soldat, weiß du wohl, den wir heute gesehen haben, der vor sein kleines Haus stand, weiß du wohl, das war doch 'n wirklicher, nich? Das war doch gakein ausgestopfter, nich?« oder:

»Pappa, als die Welt noch ganich angefangen hatte, was für 'n Tag war da eigenlich?« oder:

»Mamma, wie hießte eigenlich das Nashorn, wenn es kein Horn auf der Nase hätte?«

Endlich schläft Appelschnut aber doch, und wir schleichen behutsam aus dem Gemach, wo zwei glückliche Sonnenkäfer wohnen.

Ich aber gehe hinunter in mein stilles Arbeitszimmer und lege diesen Tag zwischen die Tage meiner Arbeit, wie man wohl eine Primel oder eine Anemone zwischen die Blätter der Kritik der reinen Vernunft legt.

Unter dem Druck der Zeit wird die Blume ihr natürliches Leben verhauchen; die Blätter des Buches fangen ihren Duft und ihre Farben auf. Eines Tages aber, nach Jahren vielleicht, schlägst du gedankenvoll das Buch wieder auf – und sinnend starrst du auf die vergessene Blume. Und staunend siehst du, daß in ihren Blättern neues Leben wirkt, überirdisches Leben: sie ist auferstanden in einem verklärten Leibe, und sie umzittert ewiger Duft.

Spät ist's vielleicht und du schon alt, und einsam hausest du in deinem Gemach und suchst auf den Blättern eines Buches mit alten Augen und zitterndem Finger die Wahrheit. Und wieder findest du die Blume. Und aus zukünftigen Gedanken und vergangenen Gestalten, aus lächelnder Wehmut und glückseligen Thränen, aus Sehnsucht und Erinnerung rundet sich dir in enger Kammer des Lebens unermessener Kranz.

*   *

*

O Kranz meines Lebens, wie tief empfind ich deine Blütenfülle!

Über tredition

Eigenes Buch veröffentlichen

tredition wurde 2006 in Hamburg gegründet und hat seither mehrere tausend Buchtitel veröffentlicht. Autoren veröffentlichen in wenigen leichten Schritten gedruckte Bücher, e-Books und audio-Books. tredition hat das Ziel, die beste und fairste Veröffentlichungsmöglichkeit für Autoren zu bieten.

tredition wurde mit der Erkenntnis gegründet, dass nur etwa jedes 200. bei Verlagen eingereichte Manuskript veröffentlicht wird. Dabei hat jedes Buch seinen Markt, also seine Leser. tredition sorgt dafür, dass für jedes Buch die Leserschaft auch erreicht wird.

Im einzigartigen Literatur-Netzwerk von tredition bieten zahlreiche Literatur-Partner (das sind Lektoren, Übersetzer, Hörbuchsprecher und Illustratoren) ihre Dienstleistung an, um Manuskripte zu verbessern oder die Vielfalt zu erhöhen. Autoren vereinbaren direkt mit den Literatur-Partnern die Konditionen ihrer Zusammenarbeit und partizipieren gemeinsam am Erfolg des Buches.

Das gesamte Verlagsprogramm von tredition ist bei allen stationären Buchhandlungen und Online-Buchhändlern wie z. B. Amazon erhältlich. e-Books stehen bei den führenden Online-Portalen (z. B. iBookstore von Apple oder Kindle von Amazon) zum Verkauf.

Einfach leicht ein Buch veröffentlichen: **www.tredition.de**

Eigene Buchreihe oder eigenen Verlag gründen

Seit 2009 bietet tredition sein Verlagskonzept auch als sogenanntes "White-Label" an. Das bedeutet, dass andere Unternehmen, Institutionen und Personen risikofrei und unkompliziert selbst zum Herausgeber von Büchern und Buchreihen unter eigener Marke werden können. tredition übernimmt dabei das komplette Herstellungs- und Distributionsrisiko.

Zahlreiche Zeitschriften-, Zeitungs- und Buchverlage, Universitäten, Forschungseinrichtungen u.v.m. nutzen diese Dienstleistung von tredition, um unter eigener Marke ohne Risiko Bücher zu verlegen.

Alle Informationen im Internet: **www.tredition.de/fuer-verlage**

tredition wurde mit mehreren Innovationspreisen ausgezeichnet, u. a. mit dem Webfuture Award und dem Innovationspreis der Buch Digitale.

tredition ist Mitglied im Börsenverein des Deutschen Buchhandels.

Dieses Werk elektronisch lesen

Dieses Werk ist Teil der Gutenberg-DE Edition DVD. Diese enthält das komplette Archiv des Projekt Gutenberg-DE. Die DVD ist im Internet erhältlich auf **http://gutenbergshop.abc.de**

Zeitfracht Medien GmbH
Ferdinand-Jühlke-Straße 7
99095 Erfurt, Deutschland
produktsicherheit@kolibri360.de